JN038058

隣の席の高嶺の花は、僕の前世の妻らしい。
今世でも僕のことが大好きだそうです。

渡路

ファンタジア文庫

3418

口絵・本文イラスト　雨傘ゆん

contents

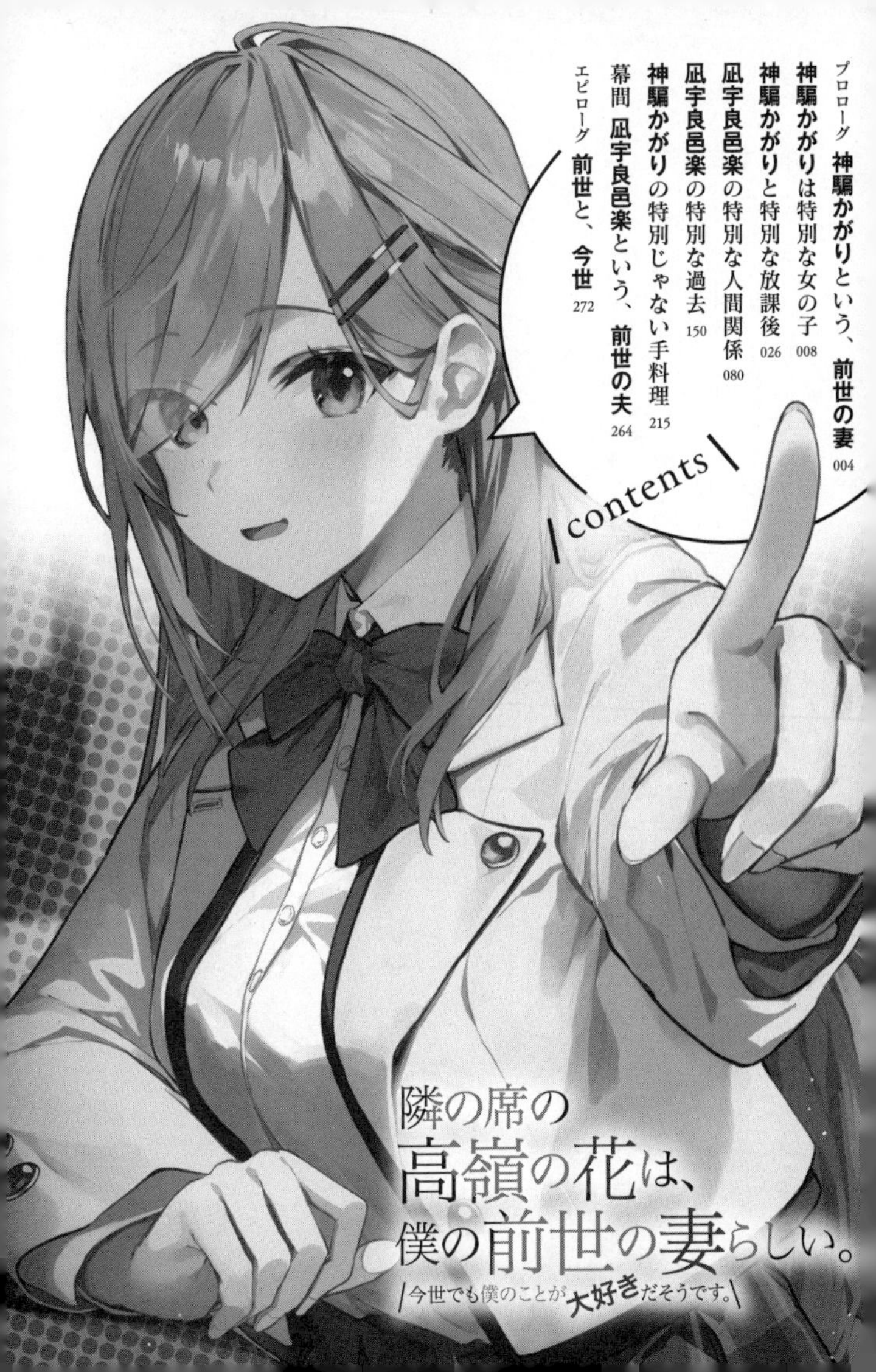
隣の席の高嶺の花は、僕の前世の妻らしい。
今世でも僕のことが大好きだそうです。

プロローグ　神騙かがりという、前世の妻

一年一組の神騙《かんがたり》かがり。あるいは、二年三組の神騙かがり。

僕は、隣の席にやって来た、その女子生徒のことを知っていた。

もちろん、親密な仲であった訳でもなければ、友人でもない。ましてや知人とすらも言い難《がた》く、会話だってしたことはない。まあ、友人の一人もいない僕にとって、そんな条件に該当するような生徒は星の数ほどいるのだが……。

そうであれば、なおさら何故《なぜ》知っているのかと言うと、単純に神騙かがりという少女の知名度が、この学校においては酷《ひど》く高いものだからである。

開校以来の才媛。

創作から出てきたのではないかと、面白おかしく語られるほどの美貌。

この二つが揃《そろ》っているのだから、むしろ噂《うわさ》にならない訳がなく、会話をするような相手がいない僕にだって、その噂は耳に届くほどであった。

だから、知っていた——飽くまで一方的に、そういう女子生徒がいるということだけを、僕は知っていた。

なのでもちろん、神騙が僕のことを知っている訳もなく、隣の席になった時も、嬉《うれ》しさより面倒さが勝ったほどであった。

クラスの——いいや、学校のアイドルとも言える女子生徒の隣の席。

そんな風に言ってしまえば、実に幸運な席であるように思えるが、その実態は全くの別物だ。

ああいった類の人間には、有象無象の輩《やから》がひっきりなしについて回り、休み時間になれば群がるものである。

当然、僕のような孤高を好む人種《ただのボッチ》からすれば、それはたまったものではない。

何ならお昼休みだって、机を拝借されるのは、最早《もはや》確定事項と言ってもいいだろう。

僕は基本的に、教室以外の場所でお昼を済ませてはいるが、だからと言って無害という訳ではない。

特にアレな、お昼を済ませて教室に帰って来た時とかはもう最悪。

やつらはチャイムが鳴るまで席にしがみついて、お喋《しゃべ》りを楽しむタイプの生命体だ。

必然、それより前に教室に戻って来た僕の居場所は無い訳で、教室の片隅でジッとスマホを叩《たた》いてる不審者になってしまうという訳だった。

つまり、神騙かがりの隣の席は、一種の罰ゲームとすら言えた。代われるもんなら代わってやりたいくらいである。

どうしようもなく気が重い。折角、窓際《まどぎわ》最後方という、最高のポジションを得たというのに、テンションは相殺《そうさい》されてマイナスに食い込んでいた。

どのくらいかと言えば、「頼むからもう一回席替えさせてくれねぇかな……」という思考で満たされるくらいにはテン下げだった。

しかし、まあ、ここで我儘《わがまま》を言っても仕方がない。

ここからしばらくの間——再び席替えが行われるその日まで、この苦行を耐え忍ぶしかあるまい……と静かに涙しながら着席した、その時である。

亜麻色の髪がふわりと揺れて、白魚のような手がするりと伸ばされた。

既に着席していた神騙が立ち上がり、僕の頰に片手を添える。

まるで、時が止まったようだった——それほどまでに神騙は、そのはしばみ色の瞳で真剣に、僕の瞳を覗《のぞ》き込んでいた。

それが、どれほど続いただろうか。一瞬にも劣るほんの少しだったかもしれないし、永《えい》劫《ごう》にも勝る時間だったかもしれない。

「——見つけた」

神騙の口から、零《こぼ》れ落ちるように発せられた一言と共に、至近距離にあった彼女の顔が離れる。

それからパッと笑って、神騙は言ったのだ。

僕の手を取り、キュッと握って。

この世にこれ以上可憐《かれん》なものは無いんじゃないかと、そう思わせられるほどに顔を綻ばせ、

「初めまして、きみの前世の妻です。どうか今世でもよろしくね」

なんてことを。

神騙かがりは特別な女の子

ざわざわと、お祭りみたいに教室中がざわついている。

ギラギラとした、クラスメイトの好奇の視線が僕を貫いている。

何でこうなった、どうしてこうなった——その問いの答えは、どう考えても目の前の少女。つまりは神騙かがりによるものだった。

否《いな》、正確に言うのであれば、神騙かがりが他の誰でもないこの僕を、力いっぱい抱きしめたせいであるのだから、半分くらいは僕のせいになるのかもしれないのだが。

片や学校のアイドル。片や友達の一人もいないボッチである。

それはそれはアンバランスな二人であり、注目の的になるには十分すぎる組み合わせだった。

刺さる刺さる、視線の矢が。

打たれる打たれる、ひそひそ声に耳朶《じだ》が。

交わされる小さな声が合唱のように重なって、その欠片《かけら》が僕にも届く。

「え、嘘《うそ》。あれ誰？」

「神騙さんの彼氏？」

「は⁉　彼氏⁉　どういうことだよ！」

「知らねーよ、叫ぶな」

「つか、誰だよあいつ」

「マジで誰だよ」

「いや本当に誰？」

「知らん、こわ……」

う〜〜ん、何か流れ弾で怪我《けが》したみたいな傷つき方しちゃったな。

僕自身が、思いのほかクラスメイトに認知されていないことが発覚した瞬間だった。

ちょっと？　自己紹介がまだとはいえ、去年同じクラスだったやつもいるでしょう？

戦国時代でも生き残れそうな影の薄さなんだけど。何なら忍者として活躍できるんじゃないの？　ってレベル。

いくら何でも僕が可哀想《かわいそう》すぎるだろ。もう何か「実は幽霊？」みたいな雰囲気出てきたんだけど。

僕のメンタルはガラスなので、もっと丁重に扱って欲しかった。

泣いちゃう、泣いちゃうから。

「あはは……やっぱり泣きそうになってる。よしよし、大丈夫だからね」

「いや、よしよしも何もお前のせいなんだが⁉　頼むから、可及的速やかに離れてくれ」

「う〜ん……嫌かな」

「泣きそうなのは分かるのに嫌なのか……」

どうやらこの頭のおかしい女は僕をいじめるのが好きらしい。ニコニコとしたまま、僕を更にぎゅっと抱きしめるのだから、その性格の悪辣さが手に取るように分かった。

くそっ、四面楚歌《しめんそか》ってレベルじゃないぞ。

魔王と対面したと思ったら、魔物の群れに囲まれてた勇者張りの孤立無援っぷりだった。

このままでは本当に死んでしまいかねない、僕の弱点の一つは民衆の注目である。

ここまで熱心に注目されたことなんて、幼少期から数えても、多分二回目だ。

ちなみに一回目は何かの罰ゲームで一発芸やらされた時な。

教室の壇上に立たされて地獄の苦しみを味わったことを思い出し、普通に意識が飛びかけた。

というか今も飛びそう。緊張とかトラウマが僕の意識をぶんぶんと振り回している。僕はこの辺のストレスにめっぽう弱かった。

もう誰でもいいから助けてくんないかなぁ……。

「えーっと、ちょっと良いかな？」

そんな僕の願いが通じたのか、一人の男子生徒──確か、立向日向《たちむかいひなた》といっただろうか。バスケ部のエースだとか聞いたことがある──が神騙へと声をかけた。

それに応じるように、神騙は僕を離したが、その直後に僕の腕を搦《から》め捕った。いや何でだよ。

立向は面食らったように数秒固まってから、人好きのする笑みを浮かべる。

いやいいよ、ちゃんと文句言ってやれ、立向！　人の話を聞く態度じゃないってな！　神が許さなくても僕が許す！

「その、神騙さんはそこの彼……凪宇良《なぎうら》くん？　と恋人関係ってことでいいのかな」

「うーん、難しいところなんだけど……そうね。今は恋人、かな」

「‼⁉」

「凪宇良くんはそうじゃないって顔してるけど⁉」

「あっ、やっぱり旦那様の方が良かった？　そうだよね、わたしたち結婚してるもんね」

「いや知らん知らん！　何それ⁉　有り得ない過去を捏造《ねつぞう》してペラペラと語るのはやめろ！　思わず語彙が吹っ飛んじゃっただろうが！」

シレッと恋人にされていたどころか、夫になることまで内定させられている僕だった。

おかしいだろ、一目惚《ひとめぼ》れでも説明できない話の展開具合だぞ。

それなりの勇気をもって話しかけてくれたであろう、立向ですら、神騙《かんがたり》の妄言に閉口しているようだった。

いや、あるいはただ、唖然《あぜん》としているのかもしれない。

確実に頭がぶっ飛んでいるように見えるし、実際その通りなのだが、彼女はそれでも神騙かがりであるのだから。

文武両道、男女分け隔てなく優しい、実に出来た美少女。

長い亜麻色の髪は美しく、シミ一つない雪肌《せっき》はどこまでも透き通っている。

絵に描いたような、完全無欠の美少女だ。

それは否定しようのない、紛れもない事実で、だからこそ、僕も含めた全員が呆気《あっけ》に取られていたと言っても良い。

「ふふっ、そんなに照れなくても良いのに。きみは本当に、前世《むかし》から変わらないね」

「もうヤダこの人……話が通じてないよぅ」

「やだなあ、しっかり通じてるよ。だからきっと、邑楽《おうら》くんにとっては意味不明だってことも、ちゃんと分かってる。だけど、だけどね。その上で言わせて欲しい――」

僕の腕を離した神騙は、片手をまるで、恋人同士がするように指を絡ませて握り、もう片方の手で、そっと僕の頬へと触れる。

「――凪宇良邑楽くん、きみのことが好きです。わたしと、最期《さいご》まで添い遂げてくれませんか？」

何故《なぜ》か、どこか安心感を感じさせる眼差《まなざ》しで、神騙は少しだけ恥ずかしそうに、けれどもハッキリとそう言った。

再びざわりと、教室に動揺やら混乱やらの波紋が広がった。

無論、それは僕も例外ではない。

言葉にし難《にく》いような困惑が脳を真っ白に染め上げており、完全に思考が停止していた。

けれども、何か答えなければと思った僕の喉は、震えた声を何とか絞り出したのだった。

「と、友達からでよろしく頼む」

×　　×　　×

神騙かがりは、いわば特別な美少女である。

ただの美少女ではなく、一歩どころか十歩以上は抜きんでている、フィクションのように整った美少女であることこそが重要だ。

しかしその実態は、電波ちゃんにも等しい、妄想豊かな少女であった。

信じられるか？　この女、僕の前世の妻とか言い出したんだぜ……。

ファンタジー世界でもギリ信じられるかどうかって感じの作り話である。

どう考えてもぶっちぎりでヤバい女であり、なるべく距離を置きたいところであったのだが、残念ながらそんな彼女は、僕の隣の席なのであった。

逃げようにも逃げられない――けれども、一時の安息は与えられていた。そう、安息。つまりは授業。

二年生になり、新しく担任となった（僕からすれば一年から引き続き、であるのだが）国語の教師、高槻那月《たかつきなつき》の「アンタらねぇ……いつまでイチャついてんのよ。胸焼けするから今すぐやめなさい、目にも毒だわ」という、教師らしからぬと言うか、もう大人としての尊厳をかなぐり捨てたような一言によって、場は収められたのであった。

いや、まあ、収められたというか、一旦問題を先送りにしただけのような気もするのだが……。

とにかく、あれだけ騒然としていた教室は、今や進学校らしく静まり返り、カツカツとチョークを黒板に打ち鳴らし、ペラペラと子守唄のように解説をする、高槻先生の声だけが響いていた。

お陰で、四時間目である今の今まで、これまでと変わらない時間を過ごすことが出来ている。

突然頭でも打ったのかと心配になるくらい、不可思議な言動をしていた神騙も、噂《うわさ》通りの文武両道っぷりを体現するかのように、真面目に授業を受けていた。

……こうして見れば、真っ当に美少女なんだけどなあ。

付き合いたいだとか、友人になりたいだとか、そういった類の願望を抱くことはないが、純粋に美人だと思う。

観賞用として見ればこれ以上ないのではないかと、素直にそう思うくらいには、神騙かがりという少女は目の保養になった。

これで口を開けば前世が何だ、妻が何だと言い出すのだから、人間見た目だけで判断してはいけないという言葉を、強く胸に刻み込む僕であった。

恐らくは揶揄《からか》われているだけだとは思うのだが、如何《いかん》せん、わざわざ僕を相手に、そのようなことをする理由が見出《みいだ》せない。

力不足というか、単純に人選ミスとしか思えなかった。

こういうことは、それこそ先程の立向とかがお似合いだと思う。

美男美女のカップルってやつだ。さぞ学校中から羨ましがられる二人になるだろう。

反面、このままでは僕だけが、好奇とやっかみの矢印で針山みたいにされるのは目に見えていた——今後も、この謎の絡みが続くのであれば、だが。

正直なところ、これ以上続かないだろうとは思う。それは何故か。単純にメリットがないからだ。

僕にとっても、神騙にとっても、何も得するところがない——どちらかと言えば、デメリットすら生まれるほどである。

だから心配することはない……とは思いたいのだが。

何せ、頭のぶっ飛んだ女である。

僕の考えが全く及ばない行動に出るかもしれない可能性は大いにあるのだった。

そのことを考えるだけでお腹《なか》が痛くなる。基本的に僕はプレッシャーに弱いんだ。

割れ物の如《ごと》く丁寧に扱って欲しい……そう思いながら、チラと神騙を見る。パチリと綺《き》麗《れい》なはしばみ色の瞳と目が合った。

真面目ったらしくされていた表情がふわりと崩れ、思わず見《み》惚《と》れてしまいそうな笑みを浮かべる神騙。

これを直視していたらうっかり惚《ほ》れちゃうな、と己のチョロさを自覚している僕は、冷静にそう判断してさっと目を逸《そ》らす。

そうすれば、ポーンと紙くずが投げ飛ばされてきた。言うまでもなく、神騙からだ。

なんだなんだ、早速イジメる方向性に切り替えて来たか？　だとしたら甘いな、神騙。

こういう地味な嫌がらせは既に中学で乗り越えてきた。今の僕にとって、それはちょっと紙で指を切ったくらいのダメージにしかならないぞ。

つまりは結構痛いということである。本当に勘弁してくれないかしら……シクシクと内心泣きながら、僕は紙くずを手に取った。

さて、開くべきか、開かないべきか……。

うぅんと一頻《ひとしき》り悩んでから、そっと開くことにした。まあ、見るだけなら害はないしな……ないよね？　罵倒とか書かれてないよね？

ちょっとだけ不安を抱きつつも、丁寧に折りたたまれたそれを開けば、

『あんまりジッと見られると、嬉《うれ》しいけど照れちゃうよ』

という文章が、やたらと綺麗な字で綴《つづ》られていた。ついでにその横には、可愛《かわい》らしい猫ちゃんのイラストが描かれている。

たっぷり十秒ほど読み込んだのちに、再びゆっくりと顔を向ければ、神騙は頬をやや赤くさせながらも、小さく手を振るのだった。

っすー……、やれやれ。

変な女アピールかました後に、そういう真っ当に可愛いことをするのは勘弁してくれないか。

真っ当に可愛く見えてきちゃうだろ。

ギャップと呼ぶには暴力的すぎるが、ほんのりと熱が上がった気がして、頰に手を当てる。

完全な不意打ちだ。頰が熱くなってきたのが分かるのだが、ここで素直にそういった反応をするのも、些《いささ》か以上に癪《しゃく》である。

顔ごと窓の方へと向けて、これ以上の言葉を介さないコミュニケーションを遮断することで一息入れると、聞き慣れたチャイムの音が学校全体に響いた。

瞬間、弛緩《しかん》したような空気が膨らんで、静かに神騙が席を立とうとする気配を察した。ので、そそくさとお昼ご飯を手に、するりと教室を抜けさせてもらった。

影の薄さで言えば天下を獲《と》れるほどであると、超不本意ながらも、先程証明されたばかりの僕である。

何事も問題なく、誰よりも先に廊下に出て、迷いなく東側の階段へと向かって歩き始めた。

ちらちらと、何度か背後を窺《うかが》ってはみるが、神騙は追って来ない。大方、取り巻き……友人に捕まったのだろう、とホッと息を吐いた。

リラックスできたお陰か、足取りが軽くなって、階段を一段飛ばしで上っていく。

僕は基本的に、お昼は教室では摂《と》らない。ていうか、僕みたいなのが教室で食べる権利ないからな。

暗黙の了解的に、イケイケなグループの誰かに机が使われることになるし、そこで一悶着《ひともんちゃく》を起こすくらいなら、他の場所を見つける方が楽という話である——幸か不幸か、僕らの通う東京都立多々良野《たたらの》高校は、屋上含めて五階建ての、縦にも横にも大きい、やたらと教室が有り余っている、歴史ある学校である。

一昔前まではマンモス校であったと言うが、今では少子化の煽《あお》りを受けたせいか、見る影もない。

とはいえ、その時の名残はあるもので、空き教室がチラホラ散見されており、鍵もかけられていないことが多かった。

つまり、教室に居場所が無い生徒にとって、簡易的な居場所を探しやすい、都合の良い学校という訳である。似たような教室が多いから、誰かに見つけられる心配がないということも含めて。

その中で僕は、二年の教室がある二階から二つ上がった、四階の隅っこにある教室を、一年の頃から勝手に占領していた。

かつては文芸部か何かの部室だったのだろう。手狭な造りではあるのだが、妙な居心地のよさを感じて気に入った一室である。

基本的に四階は部活動くらいでしか使われておらず、この教室を利用しているのは現状僕だけであり、それがほんのりとした特別感を齎《もたら》していた。

そういう訳で、僕もまた、四階にある空き教室の、雑多に並んだ机の一つに腰を掛けてから、お昼ご飯である菓子パンにパクつく。

使われることがない故に、誰もいない教室。ここが僕のお昼の居場所である。

とはいえ、お昼休みが嫌いかどうかと問われれば、もちろん嫌いではないし、それは僕に限らなくとも、当然ながら好きな者の方が多いに決まっているだろう。

登校してしまえば一日の内、約八時間は学校にいなければならない僕らにとって、たかだか一時間程度とはいえ、お昼休みというのは非常に貴重な時間だ。

まずは空腹を満たし、その後は運動するも良し、遊ぶも良し、もちろん眠って過ごすのも良し。

凡《およ》そにおいて、自由に過ごすことを許されている時間が僕は好きだ。いや、まあ、嫌いな人の方が珍しいとは思うが。

そんな人は探してもそうはいないだろうし、そもそも僕は、だいたい何においても例外にはならないような、実に普通で普通な一般男子高校生である。

もちろん、家が金持ちだとかいう特殊な背景もないし、実は成績が学年でもトップクラス……なんて事情もない。

家も成績も、どちらも並だ。それ以上でもそれ以下でもない。

だから、何か特別な点を無理にでも見出すとしたら、

「友を必要としない、孤高の男ってところだな……」

「うわー……わたしは好きだけど、そういうことを一人でポツリと呟《つぶや》いてニヒルに笑うの、あんまり似合ってないからやめた方が良いよ、邑楽《おうら》くん」

「うわー⁉　びっくりした！　何でお前がここにいる⁉」

思わず僕の全身をビクリと跳ねさせたのは、当然ながら（当然と評するのも、かなり癪ではあるが）神騙《かんがたり》であった。

亜麻色の髪が、窓から入った風に揺られていて、美少女感がマシマシになっている。

何なら瞳とか潤んでるようにすら見える。美少女ってのは凄《すご》いな。

「お昼になった途端、いなくなるから探しちゃったよー。まあ、どうせここだってことは、分かってたんだけどね」

「……中々の推理だな、探偵になれるんじゃないか？」

「急に犯人みたいなこと言い出した！　それじゃあ探偵さんらしく、逮捕しちゃおうかなー」

いや、逮捕するのは警察の役割なんじゃないか、と思った僕の両手を、神騙は手錠の代わりとでも言うように、キュッと握った。

それから、浮かべるというよりは思わずといったように笑みを零《こぼ》す。

「えへへぇ……邑楽くんの手だぁ。懐《なつ》かしいなあ、嬉しいなあ。どれだけ変わっても、きみはきみだって伝わってくる」

「おい、人の手を握って軽くトリップするな！　指を絡めようともするんじゃない、というか離せ！」

「だーめ、もう絶対に手離さないから。一生一緒にいようね、邑楽くん」

「マジな目で言うのはやめろよ……しっかり怯《おび》えちゃうだろ……」

本当の本気で一生とか言ってそうで普通に怖かった。前世設定は未《いま》だに継続中らしい。

しかも、僕のお昼のベストプレイスを発見するくらいには、神騙はガチなようだった。

おいおい、学年に必ず一人はいる、「ごっこ遊びをやるなら徹底的に」タイプの人間か？

それ自体は別に良いと思うが、付き合わされるとなったら話は別である。

そういうのは身内でキャイキャイとやってたら良いんじゃないかな……。

「大丈夫、すぐに怖くなくなるよ」

「その断言の仕方がもう僕にとっては恐怖なんだが……」

「でも、そんなわたしのことが、邑楽くんは好きでしょ？」

「……神騙って、意外と謙虚さは持ち合わせてないんだな」

とてもではないが、噂《うわさ》通りのパーフェクト美人には見えなかった。いや、もちろん見た目は、百点満点中の一千点くらいであるのだが。

人は見た目だけの生き物ではない。どちらが大切か、なんて議論が不毛であるくらいには、性格も重視する生き物だ。

何も神騙の性格が悪いということを言いたい訳ではないが、だからと言って、噂されるほど出来た人間ではないように思えた。

会ったばかりの男の両手を、がっちりと握って離さないくらいである。こう見えて会話中、結構抵抗してはいたのだが、結局振りほどけなかったことが、その認識を後押しする。

「やだなぁ、人並みには持ち合わせてるよ。時と場合、それから相手によって使い分けてるだけ」

「いや相手相手。僕相手にも発揮しろよ、必要だろ」

「必要ないの——きみにはわたしの、素のところを見て欲しいから。そうしないと、邑楽くんは一歩も近づけないでしょう?」

見透かしたようなことを言う神騙であった。いや、あるいは事実、見透かされているのかもしれない。

美しいはしばみ色の瞳が、彼女の真っ直《ま》ぐ《す》すぎるくらい真っ直ぐな声音が、僕の心を全力でノックしているようだった。

思わずため息が零れ落ちる。

少しだけ動揺してしまった心を、それで一旦落ち着かせた。

「何で僕なんだ……っていう質問は、もう無駄か? 悪いが僕は、前世で云々《うんぬん》とか言われて『はいはいなるほどそういうことね、完全に理解した』とか出来るような人間じゃないんだ。普通に困惑とか驚愕《きょうがく》が勝る」

「うん、分かってる。だけど、それでもわたしは、邑楽くんのことが好きだから。そういうアピールはしないとダメじゃない?」

だからこれは、ただ好意を示しているだけ。と神騙は言った。

少しだけ照れたように、けれども偽りなく好きであると、ハッキリと。

「ねぇ、邑楽くん。きみのことが好きだよ、何度でも、何度でも言葉にするからね」

「……そうか。それならやっぱり、ハッキリと言うべきだよな。悪いが僕はそうでもない」

「あはは、知ってる——」

少しも落ち込んだ様子を見せず、神騙はそっと顔を近づけてきた。

ふわりと揺れた亜麻色の髪が僕の肌に触れ、リップ音が耳元で鳴る。

「——でも、好きってなるものだから。覚悟しておいてね、邑楽くんっ」

そんなことを言い残し、神騙はその場を去——りはせずに、普通に隣の席に座った。

「いやそこは何か意味ありげに去るところじゃないの⁉」

「？　邑楽くん、知らないの？　一緒にいればいるほど、人は心を自然と許しちゃうものなんだよ」

「頭はぶっ飛んでるくせに、しっかり論理的に落としに来るのやめろよ……」

神騙かがりと特別な放課後

「それじゃあ帰ろっか。邑楽くんのお家《うち》ってどこ？　学校から近い？　それとも遠いのかな……あっ、電車通学？　それとも自転車？　まさか歩き……ってことはないよね」

「一言で聞いて良い質問量じゃないだろ……あとシレッと個人情報を抜き出そうとするな」

帰りのホームルームを終えて、そそくさと帰宅しようと鞄《かばん》を摑《つか》んだ僕の前に立ちはだかったのは、やはりというか何というか、神騙であった。

しっかり僕の手首を摑み、素直に帰ることは許さないと言わんばかりの顔で僕を見ている。

ただでさえ、お昼後二人で戻ってきた時にクラスメイトから「うわ、やっぱりあいつら……」みたいな注目を浴びてしまい、軽く具合が悪くなったのだから勘弁して欲しかった。

このままだと本当に恋人かなんかだと勘違いされちゃうんですけど！

問題はそのことを、神騙が特に何も思ってないどころか、むしろそういう外堀から埋めていこうという意思すら感じることだな。

性格が悪いと言うか、嫌な賢さを保有していた。

「だけどちゃんと知っておかないと、朝起こしに行けないし……」

「余計なお世話すぎるんだが……」

「そんなこと言って、朝弱いってことくらい、顔見れば分かるんだからね？」

「僕の顔から色々と読み取りすぎだろ」

何をどう見たら顔からそこまで読み取れちゃうんだよ。実際、朝弱いことは事実だったので、そこも含めて恐ろしかった。

神騙、もしかしてエスパーだったりする感じなのか？

「邑楽くんが素直に顔に出しすぎなだけよ。他の人じゃ、こうはいかないもの」

「馬鹿な、僕は何を考えてるのか分からないと言われたことだけは数知らずな男だぞ……？」

「……きみ、今世でもそんな感じなんだ」

「また前世電波をキャッチし始めたな……」

シームレスに前世設定を引っ張ってくるのはやめて欲しかった。何か話せば話すほど、嫌なリアリティを発揮してくるから怖いんだよ。

おちゃらけている訳でもなく、さも当然のように（神騙の脳内では実際、事実なのかもしれないが）言うものだから、何だか僕の方が間違っているような気すらしてくる。

神騙かがり、恐ろしい少女だ……。

特に、クラスメイトが再び注目し始めたにも拘《かか》わらず、僕の手を握ったままなあたり超恐ろしい。

つーか、神騙の脳内にいる前世の僕（仮）ですら今と大差がないことを思うと、何かちょっと切なかった。

「とにかく、今日は一緒に帰ろ？」

「嫌だって言っても、勝手についてくるだろお前……」

「流石《さすが》わたしの旦那様、よく分かってるじゃない」

「流れるように結婚するんじゃない、ビックリするだろ」

恋人なのか夫婦なのか、せめてどっちかにしろ——じゃない！　あぶねぇ！　どっちでもないに決まってるんだよね。

あまりにも極端な思考をぶつけられてるせいか、若干染まりかけた僕だった。

これも神騙の戦略の一つなのかもしれない。とことん底の知れない女である……だけど、まあ、そうだな。

今回に限っては、僕にとっても都合は良いのかもしれない。

うんうんと内心でいくらか頷《うなず》いてから、小さく息を吐き出す。

「分かった、それじゃ行こうか」

「そういう切り替えの早いところ、わたし好きだよ」

「奇遇だな、僕も僕のこういうところは気に入ってる」

「ふふっ、知ってるよ。きみのことなら、何でも」

「お前は台詞《せりふ》を全部不穏にしないと生きていけない人間なのか……？」

完全にストーカーにしか許されない一言だった。神騙《かんがたり》の、理想以上に整った面の良さが無ければ、ほんのりとした犯罪感が生まれていたところである。

僕が言ってたら完全に事案だった。

そう考えると、やはり美人というのは得だなと思う。何をしても一定以下であれば、好意的に受け止められるんだもんな。

まあ、その反面、予想外のアクシデントだって引き寄せてしまうのだろうから、顔の良さだって一長一短でしかないのだろうが。

何事も、過ぎたるは猶《なお》及ばざるが如《ごと》しということなのかもしれない。

そんなことを言ってしまえば、神騙かがりという少女自体、既に過ぎたるものであるように見えなくもないが。

それこそ本当に、人生二回目と言っても不思議ではない要領の良さである。

だいたい、今時学校のアイドル的存在なんて少女がいること自体、異常事態だ。

あるいは僕が知らないだけで、テレビにでも出るような女優やアイドルの幼少期というのは、総じてそういうものなのかもしれないが。

まあ、異常事態なんて言葉を使ってしまえば、それこそ神騙が僕なんかに絡《から》んでること自体そのものが、異常事態ではあるのだが……。

神騙の頭が異常なので、それも仕方ないことなのかもしれない。

そんな——考えても仕方のないようなことを考えながら、校舎を出て駐輪場へと向かう。

僕の通学スタイルは基本的に自転車だ。歩きでも通えない距離ではないのだが、前述の通り朝が滅法弱い僕にとって、自転車は必須アイテムだ。

鞄を籠に放り入れてから、神騙へと手を差し出す。

「ほれ」

「ん、ありがと」

「はいよ……っと、あん？」

短いやり取りの後、流れるように神騙から受け取った鞄を籠に並べて入れて、そこで「おや？」と思う。

何で僕は、当然みたいにこいつの鞄を受け取ったんだよ……。

まるで、そうするのが自然とでも言うかのようなことをしてしまった。

やれやれ、僕の「目上の人間には取り敢《あ》えず気を遣うスキル」が、オートで発動してしまったようだな。

本能的に神騙のことを上に見ていることを自覚してしまい、若干苦い顔になってしまう僕だった。

「ところで、一緒に帰るのは良いけれど、神騙の家はどこにあるんだ？　僕は見ての通り、自転車で通える距離だけど、そっちはそうでもないんだろう？」

「ううん、わたしも歩いて通える距離だよ。まあ、ちょっと遠いから、自転車に乗った方が便利なのは分かってるんだけど……歩くのが楽しくって」

「ふぅん、歩くのが楽しいね……」

一生分かり合えそうにないな、と思う僕だった。基本的に疲れることは嫌いである。

「まあでも、偶《たま》には乗るのも良いかもね。それじゃあ、レッツゴー！」

「しねぇよ、何を当たり前みたいに後ろに乗ってるんだ……」

「え？　ダメだった？」

「盛大に転んで痛い思いしても良いって言うのなら、僕は良いけどな」

言うまでもないことではあるが、二人乗りなんてしたことはない。自慢じゃないが、そんな相手が出来たこと、生まれてこのかた一度もなかったからな。

バランスを崩して倒れる未来しか見えなかった。

だというのに、神騙はフッと大人びた笑みを浮かべ、僕の腰に両手を回す。

「大丈夫、信じてるよ。邑楽《おうら》くんは絶対、わたしに怪我《けが》なんてさせないって」

「いや信頼デカ……」

明らかに長年連れ添った相手にしか言えないような台詞を、呼吸するみたいにほざく神騙だった。

お陰で本気で言っているのか、冗談なのか、判別がつかない——いや、恐らくは本気なんだろうが……。

遊びや冗談で、自分が怪我をするリスクを負うような人間は、そうはいないだろう。

とはいえ、そこも含めて計算なのかもしれないのだが。電波少女なだけあって、神騙はどこか掴みどころがない。

というか、理解できるポイントが異常に少ないと言うべきか。

こうしている間にも、シレッと後ろに乗ってきたところとか、もう思考を停止して「流石は陽キャの一族でヤンスねぇ……」と小物仕草をしてしまいかねないレベルである。

「ていうか、普通に転んだ時の責任が取れないし、出来れば取りたくないから、早急に降りて欲しいんだが……」

「お願いするにしたって、理由が小物すぎるよ……」

「そうでヤンスか？　そんなことないと思うでヤンスけどねぇ……」

「いや出てる出てる、しっかり口調に表れちゃってるよ⁉」

「おっと失礼」

……でヤンス。と言いかけたお口をチャックして、んんっ、と咳払《せきばら》いをする。

人の下手に出るのが得意すぎた、か……。

己の力も制御できないとは、修行不足だな。

「今絶対下らないこと考えてるでしょ……分かるからね、そういうの」

「何で顔も見てないのに分かるんですかね……」

いや、いいや。顔を見て分かるというのも、おかしな話ではあるのだが。

そこはもう諦めつつあるところだ。無論、諦めたい訳ではないが。

「何でって……それはもう、旦那様のことですから。それにきみが頭の悪いこと考えてる時って、ちょっと頭が左にコテンってなるんだよね」

「嘘《うそ》でしょ……」

仮に真実だとしても、何で知っているんだよという話であった。いや、それを言い出したら、またもや前世が云々《うんぬん》と語るのだろうが……。

何だこいつ、無敵か？

攻守ともに万全すぎるのは不正だと思いまーす！

「きみは自覚してない癖が結構多いからねぇ……ふふっ、好きなものは最後まで取っておきたいのに、結局我慢しきれなくって、途中で食べちゃうところとか」

「いやそれは自覚して……だから何で知ってんの⁉」

超こえー！　下手なストーカーよりずっと僕に詳しそうじゃん！

何ならもう、僕のことについては全部知ってるんじゃないのかと、にわかに足が震え始めた。

「きみのことなら、何でもお見通しですから……でも、全部は知らないから。ね、邑楽くんの全部を、わたしに教えて欲しいなっ」

「これ以上何を知ろうって言うんだよ……何？　弱味とか欲しい感じ？」

「それはもうお腹《なか》いっぱいだから、邑楽くんの魅力がもっと知りたいかな」

「既に吐けるほど知っているのか……」

あれ？　僕たちって今日が初対面でしたよね？　初対面って言葉が自分の意味を見つめ

直しちゃうくらいには知られすぎなんだけど。

見ての通り、回された腕はだいぶしっかりと力が込められてるし、距離感はバグってるとしか言えず、思わず息を吐いた。

それから、スマホをチラ見する。そろそろ帰宅部の生徒なら、ぞろぞろと帰り始める頃合いだ。

神騙とこんな状態で言葉を交わしているのを見られでもして、変な噂《うわさ》を立てられても困る、か……。

あるいは、神騙はこれを狙っていたのかもしれないのだが、そこはもう仕方がないと割り切ることにした。

さっさと撥《は》ねのけられなかった、僕の負けである。

「はぁ……分かった。もう良い、転ばない努力はするから、ちゃんと掴《つか》まってろよ」

「はーいっ」

嬉《うれ》しそうに、元気良く返事をする神騙。既に密着していたが、その面積が増えたように感じた。

それに僕は、ドキドキするというより、四階の空き教室を見つけた時のような、妙にしっくりくる感覚を覚えながら、ペダルを踏み込んだ。

「そういう訳で、わたしと邑楽くんのドキドキ！　放課後冒険物語スタートー！」

「だから、しねぇよ。何だその視聴率が全く取れなさそうな企画は。ちゃんと家に帰らせてくれ」

「え？　それじゃあ、わたしのお家《うち》に来る……？」

「何が『それじゃあ』なんだ⁉　意味不明な接続をするのはやめろ！」

少しだけフラフラとしたものの、奇跡的に二人乗りを成功させた僕たちは、そのまま緩やかに帰路を走っていた。

放課後というのは少しだけ特別な時間で、学生以外の人間を見かける比率が多少ながらも下がり、学生を見かける比率が跳ね上がる、夕方少し前の時間である。

これでもう少し日が沈めば、仕事を終えたサラリーマンだったり、買い物へと向かったりする人の比率が増える。

昼と夜の境目にある夕方よりも、もっと短い限定的な、けれども特別すぎる訳じゃない時間。

そういう目で見た時、僕は結構そんな時間が好きだった。

すれ違うたびに、信じられないものを見たかのような目で、他校の生徒にガン見されることがなければ、きっと今日もそう思っていたことだろう。

ただでさえ人目を惹《ひ》く神騙《かんがたり》と、如何《いか》にも人好きしなそうな僕のコンビなのだから、その気持ちは分からなくもないんだけどな。

気分はあまり良くない——というか、どういうベクトルの視線だとしても、基本的に見られることが嫌いなのでどうしようもなかった。

「でも、真《ま》っ直《す》ぐお家に帰ったりはしないんでしょ？」

「まあ、そのつもりではあったが……何で何も言ってないのに分かるんだよ」

「だってわたし、邑楽くんのお嫁さんだもん」

「へいへい……それで、どこに行く？　僕はだいたい、ファミレスくらいしか行かないんだけど」

他には気が向けばカラオケか、あるいはぼんやりと、あてどなく自転車を転がすくらいである。

学生が一人、放課後に長時間、暇を潰す為《ため》に行ける場所なんて限られてるからな。

ゲーセンは嫌いではないがお金を使いすぎてしまうし、ショッピングモールはウィンドウショッピングを楽しむ能力を持って生まれてこなかったせいか、そこまで楽しめない。

本屋は好きだが、あんまり長いこと立ち読みするのは個人的に好ましくなかった。

ただ、神騙は言葉通り住んでいる世界というか、過ごしている環境が違う。

僕が全く知らない、暇を潰せる場所を知っているかもしれなかった。

神騙は、のんびりとペダルを漕《こ》ぐ僕にしっかり抱き着きながら、「そうだなぁ」と言葉を零《こぼ》す。

「わたしは一人だと、図書館に行くことが多いかなあ。読書に勉強に休憩、何でも出来るじゃない？」

「あー、図書館か。でも、ちょっと遠くないか？　少なくとも、歩きで行く気にはならないだろ」

「？　あっ、大きい方はそうだね。でも、小さいけどこの街にもあるんだよ？」

「へぇ、そりゃ知らなかったな」

放課後散策によって、この辺はかなり行き尽くしたつもりだったんだけどな。

流石《さすが》に地元民（多分）には勝てないか。

「それじゃあ、目的地は図書館にしよっか……って言いたいところなんだけど、今日は休館日だからなあ。そうだ！　代わりに行って欲しいところがあるんだけど、大丈夫？」

「あんまり遠くならなきゃ、どこでも良い。後はアレだ、陽キャ陽キャしてる特殊なところじゃなかったらな」

「陽キャ陽キャって……わたしをどういう目で見てるのよ、邑楽くんは……」

　そりゃもう言葉通り、陽キャを体現したかのような人間であると思っているのだが、言葉にしたら人為的な不幸が降りかかって来そうなのでやめておいた。

　ハハッと濁した笑いを作っておく。僕の腰を締め付ける力が、心なしか増した気がした。

「まったくもう、きみって人は……えへへ、そういうところも好きなんだけどね」

「えぇ……趣味の悪いやつだな」

「自分でそういうこと言うんだ⁉」

「当たり前だろ、僕は基本的に僕のことを全肯定しているが、完璧だと思っている訳じゃない」

　だいたい、陰キャ陽キャなんて俗っぽい区別の言葉を使っている時点で、それは分かることだろう。

　本当に気にしないで生きているのであれば、普通使うことはない。つまりはそういうことである。

　まあ、だからと言って、変わろうとは思っていないところがミソなんだけどな。

　少なくとも僕は、今の僕をそれなりに気に入っていた。

　何だかもう、好意をストレートにバシバシぶつけられるのも、感覚が麻痺《まひ》してきて流せるようになってきてるとことか、超気に入ってるからな。

我ながら、流石の順応力だ……と感嘆の息を漏らしてしまうほどである。

「それで、行って欲しいところってのは？」

「うん、それなんだけど……邑楽《おうら》くん、今日手持ちある？」

「おっとカツアゲか？　おいおい、僕は即座に泣いて許しを請《こ》う程度には、その類の脅しには弱いからやめておけ」

「そんな訳ないでしょ⁉」

ただ、無いよりは有った方が楽しめる場所ってだけです！　と言いながら、力一杯抱きしめられる僕だった。

しかし、まあ、高校生にもなれば、遊び一つにだってお金はかかってしまうものだ。自由さが上がったのだから、それは必然的なことであり、別に僕自身も否定的な訳ではない。

前述の通り、僕もよくファミレスなんかは利用する訳だしな。

だから、カツアゲ云々は冗談としても、手持ちはそこそこにあった。というか、元より真っ直ぐ帰ろうとしていなかった時点で、あって然《しか》るべきといったところか。

とはいえ、これで「全然あるけど？」みたいなことを言って、奢《おご》るような事態になっては困る。最近、バイトを辞めたばかりなので、流石にそこまでの余裕はなかった。

甲斐性《かいしょう》？　何それ売れたりとかする感じ？

生憎《あいにく》僕は、誰かと出かけるなんてイベントをあまりにも体験してこなかったので、そういう気遣いは一ミリも持ち合わせていなかった。

「まあ、コーヒー一杯分くらいならあるかな」

「そっかそっか、一食程度なら問題ないくらいあるんだ。良かったあ」

「……うん、そうですね。ご高察の通りです……」

何だろう。もしかして僕、隠し事すら許されない感じなんだろうか？

財布の中身までバッチリ言い当てられてしまったら、もう本格的にお手上げだった。

多分、トランプとかやったらボロクソに負けると思う。

「……一応言っておくけれど、奢らせようとか、そんなことは考えてませんからね？」

「べっ、べべ別にそんなことは少ししたりとも考えてないでしゅけど⁉　……っすー。おい、あんまり動揺させるなよ。可哀想《かわいそう》だろ。泣くぞ、僕が」

「きみって追い詰められすぎると、一周回って変な気の強さ出るよね……」

しかも言ってること、基本的に情けないし……と大分失礼なことを宣《のたま》った神騙であるのだが、全く以《もっ》てその通りだったので、文句の一つもつけようがなかった。

ちっ、仕方ねーだろ。動揺すると頭の中真っ白になるんだよ。

「でも、良かった。それなら安心だね――それじゃあ、そこの信号を渡ってもらえる？」

「なるほど、行き先は教えてくれないスタイルか」

「えへへ、その方がワクワクするかなって」

「ワクワクっていうかドキドキだけどな」

もちろん、ジェットコースターが上っている時に感じる方のドキドキである。つまり、端的に言って死の危険を感じていた。

僕、生きて帰って来れるのかなあ……？

にわかに不安になってきたのだが、今更引き返すことも出来ず、ただ案内されるままに自転車を転がしていく。

淀《よど》みなく「しばらくは真っ直ぐだよ」だとか、「この辺は、小学生の子が多いから気を付けてね」だとか、「ちょっと坂になるから頑張って！」といった案内をしてくれる辺り、本当にちゃんと行きつけらしい。

はてさて、どんな店が現れるんだろうな……と答えの出ない思考をグルグルと回していれば、

「あっ、そこそこ。ちょうど見えて来たよっ」

と、神騙が声を跳ねさせる。

倣《なら》うように、僕も視線を向けて、一先《ひとま》ず店の前にキキッと自転車を停《と》めた。

「……だからさあ、僕はこういう特殊なところ、嫌だって言ったはずなんだけど……？」

「全然特殊じゃないよ⁉　ただの喫茶店じゃない！」

思わず、といった様子で食い気味に神騙が叫んだように、僕らが辿《たど》り着いたのはとある喫茶店であった。

最寄りの駅から広がる、それほど大きくはない僕らの街の、ほんの少し……いや、結構入り組んだ道の先にある、ただのと言うには何とも小洒落《こじゃれ》た喫茶店だ。

立地的に、積極的に新規の客を捕まえる気はないのだろう。金持ちなんかが道楽でやる時、売り上げが出すぎないように、そういった店を開くと聞いたことがある。

ここも、そういった事情のある喫茶店なのかもしれない――そんな考えをしてしまったせいか、外装から少々大人向けの落ち着いた様子を受け取り、高校生が入るには少しだけハードルの高さを感じてしまった。

つーか、ここを行きつけにしている神騙はどういう胆力してんだよ。

いや、それとも今時の女子高生ってのは、こういうところで一息ついたりするのが普通なのか？

すげーな女子高生……僕とか基本的にサイゼだぞ、なんて思っていれば神騙は既に扉へと向かっていて、「早くおいで?」とでも言わんばかりの目を向けてくるのであった。

……まあ、ここで馬鹿みたいに突っ立っていても仕方ない。

ここは大人しく、神騙の計略に乗るしかないだろう。クソッ、こんなとこだって知っていたら、黙ってファミレスに連行したってのに。

お洒落《しゃれ》な喫茶店どころか、まず喫茶店に入ること自体、ほとんど経験のない僕だ。

多少の緊張を覚えながら、カランコロンとドアベルを鳴らして神騙の後を追う。

喫茶店の内装は、外装から受け取った印象とほとんど変わらなかった——つまりは落ち着いた雰囲気。

僕らの他にお客さんは見当たらず、店主と思われる白髪のお爺《じい》さんと、アルバイトらしい女の子が一人、暇そうに並んでいた。

一瞬だけ目が合って、店主が笑みを浮かべる。

それに応じるように、何となく会釈《えしゃく》して、神騙に連れられるように窓際《まどぎわ》の席へ、向かい合って座った。

不安になるくらい客がいないにも拘《かか》わらず、手入れは行き届いているようだった。

ソファはふかふかだし、テーブルには汚れの一つも無い。

なるほど。これは確かに、慣れればさぞ居心地はいいことだろう。

「わたしのオススメはね、ここのコーヒーなんだ。どう？　ねぇねぇ、どう？」

「なるほどな、圧が強い。ココアで頼む」

「あっ、コーヒー二つでお願いしまーす」

「おい……」

何だったんだよ今の流れ。ぼくの意見がガン無視されちゃってるんですけど？

無視されたというか、最早《もはや》僕の言葉が届いてないんじゃないかと邪推してしまうスルーされっぷりだった。

アルバイトさんもカラカラ笑って「りょーかーい」と去っていくし、本気で僕の影の薄さが極まっている気すらした。

このまま平然と店から出ても、誰にもバレなさそうなレベルである。

いやもう本当にバレないんじゃない？　帰っとく？　帰っちゃう？

「また頭の悪そうなこと考えてる顔してる……」

「それはどういう顔なんだよ……だいたい、神騙《かんがたり》が勝手に注文するからだろうが」

「だって、コーヒー飲んで欲しくて来てもらったんだもん。仕方ないでしょ？」

「何も仕方なくないんだがそれは……」

ちょっとこの子、時間が経《た》つにつれて僕への遠慮が無くなってきてない？　最初からトップスピードだったものの、片鱗《へんりん》くらいはあった遠慮がもう無いんですけど。

たった数時間で落としてきていいものじゃなかった。どこで落としてきちゃったのかしら、お兄さんが一緒に探してあげるから拾おうね？

というか、コーヒーを飲ませたいなら最初からそう言えという話である。

基本的に甘党の僕を嘗《な》めるなよ。

コーヒーを飲むとなったら、三日くらいかけて覚悟を決める必要がある。

出来れば隣にショートケーキなんかも欲しいくらいだった。

「ていうか、コーヒーだけで良かったのか？　デザートなんかも頼むイメージがあったんだけど」

「休みの日ならそれでも良かったけど、今日はちょっとね。それに、あんまり無駄遣いも出来ないし」

「ふぅん、そういうもんか……神騙でも、何かそういう、普通の考えするんだな」

「何それ、わたしだって普通の女子高生だよー？」

「や、そりゃ分かってはいるんだけどな」

そう、分かってはいるのだ。いくら学校のアイドル的存在であり、その内実は頭がぶっ飛んだ女であったとしても、基本的に神騙かがりという少女は、ごく普通の女子高生である。

金持ちの家に住んでるお嬢様って話も聞いたことはないし、モデルなんかをやっているという話も聞いたことはない。

もちろん、本人に確認したことはないが、仮にそうだったとしたら噂《うわさ》に付随しているべきだろう。

「それに、今日のお昼も菓子パンで済ませちゃった邑楽くんには、夜ご飯はしっかり食べてもらわないといけないじゃない？　そう考えたらやっぱり、ケーキとかは頼めないかなーって」

「お前は僕の母ちゃんか何かかよ。ていうか、どうして僕が菓子パンで済ませたことを知ってるんだ……」

「あ、本当にそうだったんだ。もー、きみは本当に相変わらずだなあ」

「クソッ、また前世電波をキャッチしている！」

しかし、これぱっかりは隙を与えた僕が悪いのかもしれない。でもそれはそれとして、カマかけと前世設定の二段パンチはズルだと思いました、まる。

こんなの回避不可能を超えて、無敵貫通攻撃だろ。

ズルだズル！　卑怯《ひきょう》者を追い出せーッ！　と脳内のミニマム僕が叫んでいると、やたらと物腰柔らかそうな店主がコーヒーを二杯持って来てくれた。

その際に、如何《いか》にもといったような片眼鏡のお爺ちゃんである店主が、僕を数秒ジッと覗《のぞ》き込むように見るものだから、若干引いてしまった。

え？　ていうかなに？　本当に何だったの今の？

怖い怖い。何が怖いって、今日神騙にも似たような覗き込みをされてるってことなんだよね。

どうしよう、あのお爺ちゃんまで前世が云々《うんぬん》とか言って来たら……。

流石《さすが》に恐怖体験すぎて失神してしまうかもしれない。

特に何を言うことも無く、静かに去ったお爺ちゃんの背中を眺めながら、動揺してきた心を落ち着かせるために、一口コーヒーをいただくことにした。

純黒の液体であるそれは、正しくその通り、しっかりとした苦みを叩《たた》きつけてくる。

「ふー……なるほどな。なあ、神騙。砂糖はどこだ？　あとミルクも欲しい。ありったけをくれ」

「ありゃー、わたしは好きなんだけどなぁ。お子ちゃまな邑楽《おうら》くんには、ちょーっと早かったかな？」

「は？　ちょっとした冗談なんだが？　コーヒーくらい何にも入れずに飲めるんだが??」

「良いって良いって、ほら砂糖ですよー。たっぷり入れましょうねー」

「ち、ちくしょう……！」

ニヤニヤとしたまま、砂糖を入れようとする神騙との攻防戦が始まった瞬間だった。

ああ、もうだから、いらないって言ってるだろ！

「ただの冗談だってば……いや、そりゃ苦いとは思うけど。何となく、何にも入れないで飲みたいんだよ。きっと、その方が美味《おい》しいだろ。これ」

嘘《うそ》偽りのない言葉だったのだが、神騙は呆気《あっけ》にとられたような顔をして手を止めるのだった。

こいつ、僕のことを小学生かなんかだと思ってないか……？

覚悟が無くても飲めるには飲めるし、思っていたよりここのコーヒーは美味しい――ていうか、神騙がオススメしてきたんだろうが、なんて文句をつらつらと並べようとすれば、神騙は「ふぅ……」と息を吐いて、満面の笑みを向けてくるのだった。

「やっぱりわたし、きみのことが好きだな」

「文脈を無視した告白をするんじゃない！　ほら見ろ、ビックリしてちょっと零《こぼ》しちゃっただろうが」

×　　×　　×

会計を終えて外に出れば、沈んだばかりの陽《ひ》の名残を感じる、薄《う》っすらとした夜が空を染めていた。

とはいえ、四月ともなれば冬の残り香も、春風に吹き流されていて、半袖でも過ごせそうなくらいには暖かい。

チラホラと点《つ》き始めている電灯を眺めながら、何だかんだと居座りすぎたらしいことに気付く。

時刻を確認すれば、いつも帰ろうかと考え始めるような時間だった。

意図した訳ではないがちょうど良い。帰ること自体は億劫《おっくう》ではあるが、それはいつも通りのことである。

駄々をこねても仕方ない――というか、こうしていたこと自体が、駄々をこねていたに等しい訳だしな。

少しだけ遅れて出てきた神騙に振り返って声をかける。

「それじゃ、帰るとするか。神騙はどっち方面だ？　駅の方？」

「送ってくれるんだ、優しいね」

「優しいっていうか、当たり前のことだろ……」

いくら神騙が頭のおかしい女だったとしても、こんな時間に同級生の女子を、一人で帰すなんてことが出来るやつは、下心の有無を抜きにしたって、そうはいないだろう。

それにほら、明日になって何かしらの事件に巻き込まれたことが発覚でもしたら、僕の寝覚めが最悪である。

だから、優しいのではなく、ある種の自己防衛であった。少なくとも僕の場合は、という枕詞《まくらことば》はつくが。

「そういうことを当たり前だって言えるのは美徳だよ、邑楽くんはちょっと卑下しすぎ」

「悪いがこういうのが僕なんでな、我慢しろ」

「堂々とした開き直りだなあ……」

まあ良いんだけど、と再び自転車の後ろに座る神騙だった。二人乗りで帰ることは決定事項らしい。

しかし、今更文句を言っても仕方あるまい。何せ一度、許しているのである。

久し振りに人と長時間話したせいか、くぁと出てきた欠伸《あくび》を噛《か》み殺してペダルを踏み込んだ。

警察に見つかりでもしたらお説教されてしまうだろうが、まあ、大丈夫だろ。

……大丈夫だよね？　何だか不安になってきたのだが、止まる訳にもいかずスイと自転車を滑らせた。

「それで、どっち方面なんだ？　そこまで遠くはないんだろ」

「んー、それはまあ、そうなんだけどね」

微妙に歯切れの悪い返事をした神騙が、少しだけ悩むような声をあげる。

珍しい――と思うには、僕は神騙のことを知らなすぎるのだが、それでも珍しいと思わざるを得なかった。

「あぁ、悪い。配慮が足りなかったな、家とか知られたくなかったか？」

「ふぇ？　あははっ、まさかそんな訳ないじゃない。むしろ知って欲しいくらいだよー、邑楽くんにはいつだって、お家《うち》に来て欲しいくらいなんだから」

「そうかよ……絶対に遊びに行くことはないが、それなら何で渋ってんだ」

「うーんとね、今日の目的は邑楽くんの家を知ることだったけど、先に送ってもらったら達成できないからなぁ……って思ってて」

でも、順番を逆にしたら、邑楽くんに二度手間かけさせちゃうでしょ？　と神騙が言う。

そういえばそうだったな。

この女、僕の家を特定しに来ていたのだった。すっかり忘れていたな、出来ればお家に着くまで忘れていて欲しいところだった。

「こうなったら送ってもらったあと、こっそり邑楽くんの後をつけるしかないかもってて……」

「いや怖い怖い、発想が怖すぎるだろ。しかも、あらゆる面において僕の気遣いを無視してるじゃねぇか！」

「大丈夫、バレなきゃ犯罪じゃないって、きみに教わったから！」

「全然大丈夫じゃないし、過去を捏造《ねつぞう》するのはやめろ！　僕が超悪いやつみたいじゃん！」

知らない内に、純粋無垢《じゅんすいむく》な少女を誑《たぶら》かすタイプの悪魔みたいな設定を付与されている僕だった。

失礼すぎるだろ。神騙《かんがたり》の脳内にある前世の僕は一体どういうやつなんだ。

「ふふっ、実際悪い子だったよ、きみは」

「そうかよ……ならなおさら、僕とは似ても似つかないな」

「えー？　そうかなぁ。そんなこと無いと思うけどなー」

楽しそうにくすくすと笑いながら、神騙が言う。人畜無害であることに定評のある僕の、どの辺に性悪さを見出《みいだ》したのかは分からないのだが……まあ良いか。

僕とて、完璧な善人という訳ではない。人の数だけ見方があるものであり、人の善《よ》し悪《あ》しなど、どういう風に見るかで変わるものだろう。

たとえばクラスメイトが、神騙のことを完璧な美少女と見ているのに対し、僕は頭のおかしい女だと見ているように。

人次第である、何事も。

「ま、分かったよ。先に僕の家に行きゃ良いんだろ」

「……い、良いの？」

「何でそっちが驚いてんだ——後なんてつけられたくないからな。自己防衛だ、これも」

「えへへ、きみはやっぱり優しいなあ」

だから、優しい訳じゃないんだが……。

何を言っても聞かなそうな神騙だったし、実際何を言ってもニコニコと「はいはい、分かってる分かってる」なんて笑いそうなものである。

短い——本当に、短すぎるくらいの付き合いではあるのだが、そのくらいは容易に分かった。

神騙かがりとは、そういう少女なのだ。

そうと決まれば、少しくらいは急いだ方が良いだろう。こんなことで、あんまり遅くなりすぎても仕方ない。

ゆるゆると踏み込んでいたペダルの回転数を上げようと、足に力を込める。

瞬間、声がした。

「そこの高校生男女ーッ！　ちょっと止まりなさーいッ！」

張りのある声だった。少しだけビビって見れば、そこにいたのは我らが担任の女教師──高槻《たかつき》先生。

やべっと思うより先に、反射的にペダルを踏み込んだ。

「しっかり摑《つか》まってろよ、神騙！」

「わ、わわっ、止まらないの⁉　邑楽くん！」

「生憎《あいにく》、どっかの誰かさん曰《いわ》く、僕は悪い子らしいんでな」

「あ、ズルいんだ。都合の良い時ばっかりそうやって」

「うるせ、人なんてちょっとズルいくらいが、ちょうど良いんだよ」

なんて、面倒ごとを回避したかっただけの方便であるのだが、神騙は少しの逡巡《しゅんじゅん》の後に「そっか」と言うだけだった。

怒った訳でも、咎《とが》めるつもりがある訳でもないだろう──そのくらい、その声音は嬉《うれ》し気に弾んでいた。

そんなところに、またしても何と言うか、見透かされているような気持ちを味わわされて、妙な気分になる。

それごと振り払うように、グングンとスピードを上げれば、やがて声は順調に遠退《とおの》いていった。

まあ、二人乗りとはいえ、仮にもこっちは自転車で、あっちは徒歩な訳だからな。

よっぽどのスポーツマン（偶《たま》に思うのだが、女性の場合は、スポーツウーマンと言うべきなのだろうか？）でもなければ、追いつかれる道理はない。

「いやっ、ちょ、まっ……待ち、はやっ、はやす、ぎ……まてぇぇぇぇぇ……！」

という、妖怪の断末魔の如《ごと》き台詞《せりふ》を発した高槻先生を振り切ることに成功した僕たちは、早くも家の近くまでやってきていた。

予想外の展開に後押しされたせいで、かつてないほどのスピードを出してしまったせいである。

特段、時間的な不都合はないのだが、体力的不都合は大いにあった。シンプルに言えば、すげー疲れた。

思いっきり肩で息しちゃうレベルなんだけど。高槻先生、しつこすぎである――いや、それが仕事なんだから、違反していた僕が文句を言うのはお門違いではあるのだが……。

それはそれ、これはこれ、というやつであった。ハイヒールであんな速度で走れるのは半分妖怪だろ。

基本的にインドア人間の僕を嘗《な》めないで欲しい。早くも今年一番とも言える運動をしてしまった自覚があった。

自転車から降りて、押しながら進む体勢となり、長く大きい息を吐く。

もうしばらくは運動したくねぇ……。

未《いま》だに心臓がバクバクしてるんだけど。何なら足も小鹿みたいに震えてるレベル。

「あはは、お疲れ様。ごめんね、わたしのせいで無茶させちゃった」

「いやマジそれな」

全部とは言わないが、半分くらいは神騙ちゃんのせいなんですけど！　と、大人げなく不満を露《あらわ》にすれば、よーしゃよしゃよしゃと、飼い犬を褒めるかのような手つきで僕の頭を撫《な》でる神騙であった。

いや、あの、ちょっと？　もしかして、それで全部帳消しに出来るとか思ってない？

一瞬だけ「まあ仕方ないか」と度量のデカい僕が「うむうむ」と頷《うなず》きそうになってしまったのを、慌てて取り消す。

今どきチョロインは流行《はや》らないからな。いやヒロインは僕なのかよ。

売れなそうなラブコメだな……というところまで思考が飛躍したところで、やっと手を振り払う。

未だに落ち着かない呼吸を、長く大きい息で整えた。

それから、住宅街らしく家々が並ぶ内の一つを指さした。

「ほら、ここが僕の家だ。満足したか？　したよな？　それじゃあさっさと帰っ――ちょおい！　何インターホン押そうとしてんの⁉」

「え？　いやだってほら、邑楽《おうら》くんのお父様とお母様に、恋人として挨拶しないとかなって」

「何をさも当然でしょう？　みたいな面で言ってるんだ……」

「あっ、やっぱり婚約者の方が良かった？」

「違う！　関係性に不満があったのはそうだが、足りないって意味合いじゃないんだよ！」

むしろ、逆である。関係性を無暗《むやみ》にグレードアップさせるなって言ってるんだよな。

今でさえギリギリ、クラスメイトを超えて知り合いかどうかってラインなのである。

距離の詰め方は計画的に、慎重に丁寧にして欲しかった。

「だってきみの場合、反応できないくらい速く、強く踏み込まないと簡単に逃げられちゃうし……」

「急に戦士みたいなこと言い始めたな……」

完全に語彙が戦う人のそれだった。何だよ、速く強く踏み込むって。それはもうその後、大上段からの一閃《いっせん》が放たれたりするやつだろ。

さしずめ勇者に叩《たた》きのめされたぽっと出のモブの如く、圧倒される僕であった。火力が過剰すぎる。

「でも、そうね。ちょっと急ぎすぎたかも……時間も時間だし、ご挨拶はまた今度かな」

「安心しろ、そんな機会は二度と訪れない」

「勝手に訪れるから大丈夫だよ？」

「ちょっと？　自由すぎるでしょう？　僕の意思を何だと思ってるんだ」

やはり家を教えたのは失策だったか……と思うも後の祭りである。まあ、後をつけるのが冗談だったにしろ、この様子では近い内に知られていただろうから、どうしようもないことではあるのだが。

そのくらいの本気加減が、神騙からは伝わってくるというものであった。

ヤダ、この子怖すぎ……？　知れば知るほど怖い面ばかり知ることになって、僕的には超ディスアドって感じです。

「フットワークが軽すぎるんだよな、せめて冗談は冗談らしく、分かりやすくしてくれ」

「んー……？　冗談なんかじゃないよ。何なら今は、ここなら毎朝通えそうだなーって思ってたくらいなんだから」

「どうやら僕の知らないところで、恐ろしい計画が立てられていたようだな……」

毎朝通うって……。美少女に毎朝起こされる、なんて言葉にしてしまえば、確かに夢のようなシチュエーションかもしれないが、相手が神騙かがりであることを思うと、ただの微笑《ほほえ》ましい光景になるとは思えなかった。

ていうか、そんなことされたら、下手したら家庭が乱されかねないし……。

こちらは冗談ではなく本気《マジ》である。

本当の本当に、こいつのこの強引さは、今とても繊細なところにあるその辺に、致命的なダメージを与えそうだった。

ここは理論的な武装を用いて、しっかりと撃退した方が良いかもしれない。

ふむ……と二、三秒考え込んだ後に、僕は神騙の理論的な撃退を試みた。

「歩くのが大好きって言ったって、限度があるだろ……元より家は、学校から少し離れた所にあるんだろ？　そんなことで無理をされても、僕はちっとも嬉しくないぞ」

「えへへ、それがそうでもないんだ。だってわたしのお家《うち》、ここから歩いて十分ないくらいだもん」

「なんて？」

「わたしの家、ここから、歩いて十分」

「……なるほど」

論破を試みたら逆に論破されてしまい、理論的な立場を奪われた僕であった。嘘《うそ》だろ？論議を交わせたの、数秒にも満たない時間だったぞ。

単純に僕のレスバ力の低さが露呈しただけであった。

ついでに言えば、嘘ではないかを検証する為《ため》に、神騙《かんがたり》の家へと向かったところ、本当に十分弱で到着してしまったので、ぐうの音も出せない僕だった。

完全敗北とは多分、こういうことを言うのだろう。

「ていうか神騙、一人暮らしだったんだな」

「うん――別に、お家が特別学校から離れてる訳じゃないんだけどね。我儘《わがまま》言って、部屋を用意してもらっちゃった」

「我儘で用意してもらえるものなのか、部屋って……」

神騙、普通にお嬢様なんじゃないか説が浮上してきた瞬間であった。噂《うわさ》になってないから、などという不安定なソースを基にした決めつけは良くないな。

「だけど、それなら何と言うか……悪かったな。もっと早くに切り上げれば良かった。一人暮らしって……何か、アレだ。やること多いんだろ？」

「ふふっ、それはそうだけど、謝らないで欲しいな。わたしは、わたしがきみといたくて、こうしたんだもの」

「……そうか。それならまあ、良いけど。じゃ、また明日な──あっ、絶対に明日、迎えに来たりするなよ！　フリじゃないからな⁉」

「えぇ〜……」

神騙の部屋であろう扉の前で、酷《ひど》く不満げに唇を尖《とが》らせる神騙であった。こいつ、本気で朝突撃してくるつもりだったのか……。

一応、忠告しておいて良かった、と思う。

ほっと胸を撫でおろした僕に、神騙は「んっ」と両手を広げてみせた。

……え、なに？

「それじゃあ、妥協案。わたしを抱きしめて？」

「何をどうしたらそれが妥協になるんだよ……！」

「だって、寝起きのきみに会えないと寂しいし……それがダメなら、今こうしてギュッとしてくれないと、割に合わないかなって」

「逆にそれで釣り合いが取れるものなのか、それは……」

僕の苦し紛れにも近い苦言に、しかし神騙が動揺することはない。

むしろその、はしばみ色の瞳は「早くして！」とすら言っているようだった。

何となく、逃げ場が無いことを感じ取る。

ここが最大にして最低の妥協点であることを、直感的にではあるが、分かった気がした。

ため息を一つ。

これで済むなら安いものか、と思うことにした。

「ほら、これで良いか」

「ん、もうちょっと強く」

「注文が多いやつだな……」

僕より少しだけ身長の低い神騙は、女の子らしく華奢《きゃしゃ》な身体《からだ》で柔らかく、あまり強く抱きしめると壊れてしまうんじゃないかとすら思った。

だから、慎重に力を込めた。丁寧に、壊れないように、傷つけないように。

それでも要望通りに抱きすくめれば、そっと抱きしめ返される。

それが妙に心地よくて、ふわりと香る彼女の匂いにドキリと心臓を跳ねさせた。

「よし、これで満足だろ」

「うーん、あと半世紀くらい……」

「スケールがデカすぎる……何年生きる気だよ」

「きみが生きている限り、かな」

「感情デカ……」

抱くにしても、向けるにしても、デカすぎる感情だった。向けられる側の気持ちにもなって欲しいものである。

どうしたって手に余す──揶揄《からか》われているのならば、いっそそれでも良いのだが、今のところそういう気配もないというのがネックだった。

お陰で脳が気軽にショートしそうになる。神騙と違って、僕は言うまでもなく、かなり普通の男子高校生なのだから。

本来であれば僕は、可愛《かわい》い女の子に、ちょっと話しかけられただけで、気があるのかと勘違いしそうになるような、そういう年頃の男である。

今、そうなっていないのは、それこそ現状が異常すぎるからとしか言えないだろう。

だからさっさと離してくれないかなあ……。何ならさっきから離れようとすると、微妙に腕に力を込められている僕だった。

無言の抵抗にしては露骨すぎるだろ。

「感情なんて、大きければ大きいほど良いんだよ？　邑楽くん。ほら、大は小を兼ねると
も言うし、ね？」

「何の小を兼ねてるんですかね、それは……」

「う〜ん、いっぱいの小さな好き、とか？」

きみはわたしの好きなところばっかりで構成されてるからなあと、今日初対面の相手に
放てる訳のない台詞《せりふ》を、当然みたいに連ねる神騙だった。

ナチュラルに前世電波を受信している……。

アルミホイルとか頭に巻いてあげた方がこの子の為かもしれない。

「でも、うん。今日のところは、このくらいにしてあげようかな」

言いながら、あれほど頑《かたく》なだった腕をするりと神騙が外す。それから花咲くように笑っ
た。

「一％くらいは充電できた気がするし。本当に今日のところは、だけどね？」

「丸一日付き合って、やっと一％なのか……」

「ちなみに一晩経《た》つと一〇％くらい消費されます」

「コスパが悪すぎる……どんだけ付き合えば満足するんだよ」

「それはもちろん、一生だよ」

えへへと再度笑った神騙が、ようやく家へと入る。

扉がパタンと閉まり、疲労がそのまま吐息となって零《こぼ》れ落ちた。

ぼんやりと空を見上げてみれば、微妙に曇った夜空が広がっていて、そのまま僕の心情を映しているようにすら思える。

さっさと晴れ渡れば良いな、とぼんやりと思ったまま自宅へと足を向けた。

流石《さすが》に日が沈んでからだいぶ時間が経過しただけあって、電灯がなければ真っ暗になっていたであろう道を、のそのそと歩いていれば、不意に見知った人間と遭遇した。

反射的に踵《きびす》を返そうとするも、時既に遅し。声がかけられる。

「あっ、凪宇良《なぎうら》」

「げっ、高槻《たかつき》先生」

言うまでもなく、バッタリと出くわしたのは、先ほど全力疾走して振り切ったはずの、高槻先生であった。

やっべー、これまた逃げないといけないやつか？　と思ったものの、全身が「もう走りたくないでーす！」と訴えかけてきたので、潔《いさぎよ》く諦めることにした。

人生、何事も諦めが肝心である。

ていうか、そうじゃなくても明日会う訳だしな。

担任の先生ってのは厄介なもんである——まあ、お巡りさんとかに見つかるよりかは、ずっと良かったのかもしれないが。

観念して、そのまま互いに歩み寄った。

「あら、今度は逃げないのね。罪の意識でも芽生えたのかしら」

「まあ、そんなところです。とりあえず土下座とかしとけば良い感じですか？」

「思ってたよりしっかり芽生えてたわね……いや、いらないいらない！　アンタの頭にそこまでの価値ないわよ！」

自転車を停《と》めて、シームレスに膝を地につけたところ、呆《あき》れたように言い放つ高槻先生であった。どうやら高槻先生は立場のある人間の土下座がお好みらしい。

流石ではあるが、趣味が悪すぎる……しかし、だとすれば困ったな。

僕にできる最上級の謝罪にすら意味がないとすれば、あとはもうただ怒られることしかできなそうだった。下手をすれば保護者にまで連絡がいくかもしれない。

や、ヤダな〜……。控えめに言って超嫌なんだけど。何なら嫌を通り越して絶望である。

何とかこう、上手《うま》いこと見逃してくれないだろうか……と願いを託して見ると、呆れたように息を吐く高槻先生だった。

「いや、あのね、捨てられた子犬みたいな目で見ないでくれる？　何かアタシが悪いみたいじゃない……」

「実際、遭遇しちゃった先生が悪いですからね」

「トリッキーな責任転嫁《てんか》するわねアンタ……良いの？　アタシはアンタの成績くらい思うままなのよ」

「しょっ、職権濫用……！　鬼！　悪魔！　妖怪！」

「ついでに言えば、今からアンタの保護者に連絡を入れることもできるわ」

「腹でも切ればいい感じですかね？」

「急に武士みたいなこと言い出したわね……」

かくなる上はという判断であったのだが、「アンタの血肉に価値なんてないわよ……」みたいな顔をする高槻先生だった。

立場のある人間の臓腑《ぞうふ》の方が良いって、どこの武将だよと思った。

「神騙も、こんなやつのどこが良いのかしらね……」

「前世の夫ってところが良いらしいですよ」

「聞いたわよ、でも冗談でしょ？」

「…………」

「……えっ」

本気なの……？　という目を向けられたので、真実らしい、という意思を込めて見つめ返せば、数秒間の無言空間が形成されてしまった。

高槻先生は「何故《なぜ》そんなことに……？」とでも言いたげな表情に変化させたが、それは僕が一番聞きたいことである。

いや本当、何がどうなったら前世だとか、夫だとかいう設定が出てくるんだろうな。

フィクションなら微笑《ほほえ》ましいものであるが、残念ながらノンフィクションだった。

しかも夫役は僕である。

どういうチョイスなんだよ、本当に。

学芸会でも木の役とかしかやったことのない僕には、あまりにも大役すぎる。

荷が重すぎてこの場で崩れ落ちそうだ。

「ふぅん……まあでも、アンタにはそんくらい強引な方が、逆に良いのかもね」

「む、まるで僕の理解者みたいなこと言うじゃないですか」

「理解者とは言わずとも、去年から一年見てきてるんだから、多少は知ってるわよ。それこそ、アンタがヒネたボッチだってことも知ってるわ――あっ、これは見れば誰でも分かるわね」

「ちょっと？　誰も攻撃しろとは言ってないんですけど？」

確かに覆《くつがえ》しようのない事実ではあるのだが、それはそれとしてオブラートに包んで欲しかった。傷ついちゃったらどうするつもりなんだ。

先生なら先生らしく、生徒を優しく可愛がって欲しいものである。

いや、いいや。

それとも可愛がる＝暴力、みたいな世紀末思考なのかもしれない。

「クソッ、ヒモヒモの実モデルバンドマンを食ったダメダメ人間飼ってる異常者のくせに……」

「飼ってないわよ⁉　ちょっとだけ生活の面倒見てるだけだもん！」

「それを世間では飼ってるって言うんですけど……」

しかもちょっとどころじゃないし。がっつり同棲《どうせい》中じゃん。言い逃れ不可能である。

しっかり者ほどヒモに引っかかるイメージが出来てしまったのは、間違いなくこの人のせいだと思う——と、ここまで言ってしまえば分かるだろうが、高槻先生とは多少以上の親交があった。

と言っても、別にそれは、先生と生徒の垣根を越えるようなものではない。

一年の時にちょっとしたきっかけがあって、それ以降、少しだけプライベートの話もするようになった。

ただ、それだけのことである——だから、こうして帰りにバッタリ出会うことなんて、それこそ片手で数えられるくらいしか覚えがない。

社会人でも家に帰るような時間帯という訳である。こうして街中で見かけると、教師も普通の人なんだなと思った。いや、そりゃ特別な人間なんていないのだから、当たり前のことではあるのだが。

やっぱり学校に通っていると、教師は普通の大人とは、少しだけ違うように見える。

だから、学内で見るのと、学外で見るのとでは印象が違うように思えた。

いつもなら一つに結ばれている金の髪は解《ほど》かれていて、何と言うか、仕事に疲れた社会人女子って感じである。それってそのまんまじゃねぇか。

精々違いを見出《みいだ》すのなら、学校ですらほんのりと漂わせている「疲れてるんですけど」オーラが全開になっていることくらいだった。

段々可哀想《かわいそう》になってきたな、早く帰ってもらおう。

「じゃ、僕はこれで。気を付けて帰ってくださいね、先生」

「それ、アタシの台詞なんだけど……ねぇ、凪宇良」

「はい？」

既にすれ違うように背を向けていたので、止まって振り返る。

少しだけ、先生モードを取り戻したような目の高槻先生が、優しい声音で言った。

この人のこういうところ、いつも不意打ちじみてて困っちゃうんだよな。

「お家《うち》の居心地はどう？」

「……良くも悪くも、変わりませんよ」

「そう、それなら良いわ」

「良いんだ……」

「悪くないのなら、現状維持はプラスよ。問題ってのはね、解決するだけが全てじゃないのよ。特にアンタの場合、焦《あせ》ることでもないんだから――新しい環境に馴染《なじ》むのって、実は大人でも大変なのよ」

それじゃあね、気を付けて帰るのよ。とだけ言い残して、カツカツとヒールを鳴らしながら高槻先生は闇夜《やみよ》に消えていった。

その後ろ姿を見送り、出来るだけゆっくりと歩みを進めたが、家にはすぐについた。

自転車を倉庫にしまい、鍵をかける。

その鍵とは別に、家の鍵を取り出して、扉を開く。

そうすれば、玄関には既に先客がいた。淑《しと》やかにローファーを脱いで揃《そろ》える少女。

セーラー服に袖を通した彼女は、立ち上がりながら僕を見た。

「お帰りなさい、兄さん。今日も随分と、夜遊びを楽しんできたようですね」

「いや、そっちも今帰りだろ……ただいま、愛華《あいか》」

玄関口にいた先客の少女の名は愛華。

彼女は僕の妹——妹になった女の子。

俗に言う、義理の妹であった。

「お夕飯、私はこれからですが、兄さんはどうですか？」

「僕は——いらない、かな。外で食べてきたから、遠慮しておくよ。二人にもそう、伝えておいてくれ」

ほとんど反射で出たような嘘《うそ》だった。知っての通り、お昼ご飯以降、お腹《なか》に入れたのはコーヒーくらいなものである。

けれども、全くの嘘という訳ではないのも事実だった——食欲や空腹といったものは、そこまで感じていなかった。

まあ、この家で暮らすようになってから——新しい家族ができてから、よくあることではあるのだが。

「……またですか、兄さん。せめて、自分の口で伝えていただけると、私も助かるのですが」

「二人揃って居間に行く必要もないだろ、それに――」

「それに？」

「いや、なんでもない。とにかく、悪いけど頼んだよ」

言って、まだ文句を言いたげな愛華の横を通り抜けようとしたが、途中で足を止めてしまう。

否《いな》、止めたのではなく、止められたのだ。僕の制服の裾を、愛華が指先だけで握っている。

「わ、私は、まず着替えなければいけませんし、お風呂《ふろ》にだって先に入りたいです。だから、兄さん。せめて、少しくらいは――」

「……そっか、それじゃあ仕方ないな。ごめん、我儘《わがまま》だった。自分で言ってくるよ」

「あっ――」

まだ何か言いたげだった愛華の言葉を聞くことはなく、鞄《かばん》を持ち直して居間への扉を開く。

少しばかり走る緊張も、もう慣れたもので、グッと堪《こら》えて踏み出した。

そうすれば、キッチンの方にいた女性が、パタパタと姿を現した。

愛華に似た（というよりは、正確には愛華が似ている、なのだろうが）、長く美しい黒髪の女性。

けれども柔らかく笑んだ姿は、クールと言うにはあまりにもパッションを感じさせられる。

「お帰りなさい、邑楽《おうら》くん」

「沙苗《さなえ》さん、ただいま帰りました。すいません、遅くなってしまって」

ペコリと頭を下げれば、そう硬くならなくて良いのに、と沙苗さんが笑う。

「ご飯、一応あるけれど、どうしましょう？　食べられるかしら」

「――そう、ですね。いただきたいのは山々なんですけれども……」

ごめんなさい、外で食べてきたんです。と断ろうとして、けれども言葉に詰まってしまったのは、彼女――沙苗さんが、少しだけ表情に影を落としたからだった。

それを見て、どうにか取り繕おうとして、ほとんど反射的に言葉を探してしまう。

義理の妹が出来たのだから、当然、義理の母親も出来た――沙苗さんとは、そういう関係性だ。

こうして直接顔を合わせるとなれば、どうしたって顔色を窺《うかが》ってしまう。

それが悪い癖なのは分かっていて、だけどこの場ですぐに直せる訳もなく、何とか絞り

出した返答は、

「明日の、お弁当とか。詰めていただけたら、嬉《うれ》しいです。そんなに量は、食べられないですが」

なんていう、どっちつかずなものであった。

それでも沙苗さんは、打って変わったように表情を明るくさせたので、僕は内心安堵《あんど》した。

「良いの？　邑楽くん、お弁当派じゃなかったわよね？」

「まあ、偶《たま》には。それに、折角作っていただいたのを、食べないでいるっていうのも、心苦しいので」

「あらあら、他人行儀なこと言っちゃって。そんなに気を遣わなくっても良いのよ。どうせ、旭《あさひ》さんの夕ご飯にもなるんだから。あの人は二人前くらいなら、ペロリといけちゃうの知ってるでしょう？」

「……ごめんなさい」

「ふふ、謝らないで。邑楽くんも年頃なんだもの、外で遊びたい時期なのは痛いほど分かってるつもりよ。でも、そうねぇ。また今度、タイミングが合った時には、お夕飯たっくさん食べてもらおうかしらっ」

「そう——ですね。その時は、お腹いっぱいいただきます」

「そうしてくれたら、私も嬉しいわ。あっ、お風呂沸かしてあるから、好きに入ってね。旭さんったら、今日は残業で帰りが遅いのよ」

「そうなんですね──分かりました。先に愛華が入ると言ってたので、その後にでも」

特段、おかしくはない会話。いつも通り、浮かべた笑顔と、慎重に選んだ言葉で成り立つ会話。

鞄を握り、居間を出る。

そろりと他人行儀のまま、二階へと上がって、割り当てられた部屋へと入り、扉を閉めた。

上がってきていた胃酸を飲み込んで、それから脱力したように、ベッドへと身体《からだ》を転がした。

「また今度、ね」

問題の先送りは、解決とは程遠くても、ひと時の癒《いや》しにはなる──なんて、誰が言ったことだったか。

ただ、少なくともその通りではあるなと思った。確かに、ほんの少しだけの癒しにはなった。

一時の安心感が、胃に落ちてくるようだった。迂闊《うかつ》に口にした言葉が、現実にならないことに、安堵していた。

ああ――明日も明後日《あさって》も、そのまた先も、来なければ良いのに。

同時に思う、早く明日が来れば良いのにという感情と、それはぶつかり合って、だけどどちらも、霧散することはなかった。

凪宇良邑楽の特別な人間関係

「あら兄さん、今日も早起きなんですね。おはようございます」

「あー……おはよう、愛華」

翌朝。寝惚け眼《ねぼけまなこ》を擦《こす》りながら部屋から出れば、バッタリと顔を合わせたのは藍本《あいもと》愛華──藍本家の一人娘であった。

この家で暮らしているのは、僕と愛華を含めて四人だ。

実のことを言えば、愛華のことは幼い頃から知っている。年齢は僕より二つ下で、中学三年生。

昔っから長い黒髪で、その瞳も日本人らしく黒い。

言葉通りの大和撫子《やまとなでしこ》といった風貌の少女であり、仲は良好な方だと言えるだろう。

まあ、それは兄妹《きょうだい》としてではなく、どちらかと言えば、友達として、かもしれないのだが。

学校という敷地《しきち》から出てしまえば、基本的に年齢の一つや二つなんて誤差みたいなものだ。元より面識があり、頻繁とは言わずとも、それなりに顔を合わせることのあった相手であれば、それもなおさら。

お互いに、どちらが上だなんて考えたことは無いと思う。そのくらい、幼い頃から僕らは対等に遊んできた。

だから、むしろ突然兄妹になったことの方が、強い違和感を抱かせるというものであり、いつも通りの距離感を維持する方向性で構わないだろうと、そう思っていたのだが。

——兄さん。

愛華は僕を、そう呼ぶようになった。今まではなーくん（凪宇良《なぎうら》の凪から取って、なーくんらしい）と、そう呼んでいた彼女が。

明確に言葉にすることで、愛華は僕を、家族の一員として迎え入れたのである。

そのことを、鬱陶しいとは思わないし、不愉快だとも思わない。

考えてみなくとも、それは全くおかしなことではないし、むしろ順応性があると、そう褒めた方が良いくらいなのだろう。

あるいはそれは、僕のことを思ってのことかもしれないのだから。

関係性は、いつだって言葉から作られるものだ。

「朝は早く、夜は遅い。まるで社会人みたいですね？　兄さん」

「含みのある言い方するのやめろよ……だいたい、帰って来たのは愛華と同じくらいだろ」

「私は兄さんと違って、部活に入ってますから。今日は部活が無いので、早く帰ってくる予定ですよ。兄さんはどうですか？」

「僕は……どうだろうな。放課後になってから決める。ほら、友達に遊びに誘われるかもしれないし？」

「兄さんにそのような友人はいないでしょう……」

嘯《うそぶ》くならもっとマシなことを言え、と目だけで訴えてくる愛華《あいか》だった。喧《やかま》しすぎるのだが、全く以《もっ》てその通りだったので反論の一つもできなかった。

やれやれ、と肩を竦《すく》めて居間へと向かう。そんな僕を、追いかけてくるように愛華も階段を下る。

「だいたい、兄さんには友人はおろか、知人も恋人もいないのに、毎日毎日一人ふらふらと、どこで何をしているというのですか」

「色々とだよ。こう見えて、意外と忙しいんだ」

「そんな風には見えませんが？　そもそも私が知る限り、兄さんほど忙しいという言葉が似合わない人はいません」

「ちょ、ちょっと？　愛華さん？　何か朝から攻撃的すぎない？」

背中に突き刺さる極寒の視線に身を震わせる。おかしいな、もうすっかり春なんだけどなー。

舌戦では敵《かな》わないと悟った僕は、逃げるようにして居間に入った。

そこには誰もいない。当たり前だ。

季節を問わない、朝特有のひんやりとした寂寥《せきりょう》感が佇《たたず》んでいた。

現在時刻は五時を少し過ぎた頃合いだった。早朝と言って良いこの時間、起きているのは僕くらいなものだ……かつては母が、この時間に起きていたけれども、もういないから。

僕の朝ご飯の時間は、いつもこの時間である——別に、そう決められているのではなく、僕が自然とこの時間に起きてしまうことによるものだった。

朝弱いのは事実だが、それでも起きてしまうのだから仕方ない。

いつもであれば、愛華もまだ眠っている時間であり、こうして居間のテーブルに二人で向かって座るというのは、中々久し振りとも言える。

適当な菓子パンを用意すれば、咎《とが》めるように愛華が僕を睨《にら》んだ。

「兄さん……またそれですか。お母さんが嘆いていましたよ、朝ご飯も作らせて欲しいって」

「いや普通に申し訳ないし……気持ちだけ受け取りましたって言っといてくれ」

「子供じゃないんですから、そのくらい自分で言ってください……！」

もうっ、とため息を吐き出しながら、愛華は僕がモグついている菓子パンを見た。

朝昼共に、こいつらが僕の食事である。

別段、制限されている訳ではない。むしろ、自由にさせてもらっているからこその選択だった。

僕はあまり食事に時間をかけたいと思う方ではない——かけたくないと思うようになったから。

だから、はじめのうちはゼリー飲料なんかで済ませていたのだが、愛華だけでなく、今の母も良い顔をしなかったので、流石《さすが》に妥協して菓子パンに落ち着いたのだった。

これはこれで色々種類があって、食べていて楽しいのだが、やはり愛華からすれば赤点クラスらしい。

「……私はこれから作りますが、兄さんの分を用意しても構いませんよ」

「ありがと、気持ちだけ受け取ってお痛い痛い！　本気で蹴るのはよせ、愛華！」

「妹の！　気遣いを！　無下にした罰です！」

グリグリと兄の足を踏みつける妹の図が誕生してしまった。マジで痛いからやめようね。

流石に僕が悪い自覚はあったので、黙したまま耐え忍んでいれば、不意に愛華が僕の胸

に、拳を当てた。

　ポフ、と痛みのない、弱弱しく小さい音がする。

「やっぱり――やっぱり、兄さんは。なーくんは、私が妹なのは、嫌ですか。私に兄と呼ばれるのは、不快ですか。私と家族になったことに、嫌悪《けんお》を感じますか」

「ちがっ……そんなことは思ってないし、考えたこともない」

「ですが、なーくんはこの家にいると、私たちといると、いつも窮屈そうです。息ができないみたいに、苦しそうに見えます」

「別に……」

　そんなことはない、とはすぐに言えなかった。何故《なぜ》ならその通りなのだから、反射的に言葉に詰まる。

　愛華の揺れる瞳を見ていると、僕が悪いということを教えられているようで、居心地が悪かった。

　小さく深呼吸をして、少しだけ間を置いてから口を開く。

「別に、そんなことはない。愛華の勘違いだよ」

「そう、ですか。そうだと良いんですけどね」

　愛華はか細い声でそう言って、キッチンへと足を向けた。その背中を少しだけ見つめ、ため息を吐《つ》く。

どうしようもないやるせなさがこみあげて来て、それごと呑《の》み込むように、パンを齧《かじ》った。

味気ないパンが口に広がる――それで良かった。それが良くて、好ましくて食べているのだから。

トントンと、キッチンで愛華が朝食を作り始めた音が聞こえてきたのを契機に、静かに居間を出る。

朝の支度を作業のように済ませてから自室へと戻り、手早く制服に袖を通してから、しばらくのんびりとしてみたものの、あまり落ち着かなくて立ち上がる。

いつもよりは些《いささ》か早いけれど、だからといって、いつもの時間まで黙って待っているのも暇というものだ。

さっさと出てしまって、寄り道でもしながら向かえば良いか、と逃げるように家を出れば、

「あ、おはよう、邑楽《おうら》くん。自転車なのに、朝早いねぇ」

と、聞き覚えのある声がして、思わず目を向ける。

「うわっ、ビックリしたー……何でうちの前にいる、神騙《かんがたり》。迎えに来るなって、アレほ

ど言った記憶が、僕にはあるんだが？」

いやもう何か当然みたいな面して出てきたんだけど、この子何なのかしら……。

困惑というか、若干引いてる僕に対し、神騙はいつも通りの、気を抜けば見惚《みと》れてしまうような笑みを浮かべる。

「迎えに来てはいないよー。ただ、待ってただけだから」

「それ、ほとんど大差ないだろ……」

というか、出待ちって……。僕は芸能人か何かかよ。

一体、何時から待っていたのだろうかと、思わず考えてしまう。

神騙はアホではないが、頭がおかしい女ではある。

真剣に計算して僕が家を出るタイミングを計って来た可能性も、ずっと前からここで張り込み刑事の如《ごと》く待っていた可能性も、どちらも同じくらいあった。

き、聞きたくねぇ……。

詳細を聞いて朝から恐怖体験をしたくはなかった。

結果がもう目の前に来ちゃってる訳だしな。

どうせ行く先は一緒だし、別々に登校しようと言おうにも、既に僕の片腕をガッチリキメてる神騙を見れば、それも無意味だと諦めるしかないというものであった。

すげーよな、外そうとしても全然外れないんだぜ？　この腕。

このままでは、登校中に出会う生徒たちに、視線だけで全身を滅多刺しにされてしまう僕の未来が、ありありと目に浮かぶようだった。

考えるだけで憂鬱だな……。

ヒョイと神騙の鞄《かばん》を籠に入れて、並んで歩き出す。

「なーんて、冗談なんだけどね。偶々《たまたま》だよ……もちろん、会えたら良いなーとは思ってたけど、まさか出てくるなんて、こっちがビックリしちゃったよー」

「そりゃ大層な偶然だな」

「あっ、信じてないでしょ」

「こんなに早い時間に出くわしたら、馬鹿でも意図的なもんだって分かるっての……」

流石に無理がある嘘《うそ》に、思わず言葉に苦笑が混じってしまう。

今の時間はピッタリ七時。家から学校までは、だいたい歩いて三十分程度だから、自転車通学の僕がこんな時間に出るのは、些か以上に早すぎるし、歩きの神騙にしたって、早すぎるというものだ。

どんだけ学校好きなんだよってくらいの早さである。

一応言っておくのだが、僕は特に学校が好きな訳ではない。

どちらかと言えば、苦手な部類にすら入るだろう——と言っても、学校が大好きな部類に入る人間も、それほど多くはないと思うが。

まあ、家にいるよりかはマシかな程度なものである、僕の場合は。

そもそも一人でいることが好きな方ではあるし、唯一話す相手であった高槻《たかつき》先生のことも、こう言うのは何だが、嫌いではない。

「嘘じゃないよー、言ったでしょ？　わたしは歩くのが好きだって。登校前に寄り道するのが好きなんだ。それが今日は……というかしばらくは、邑楽くんのお家《うち》になるってだけで」

「そこまでいくと、好きって言うか趣味の領域だな。散歩が趣味って……年寄り臭いな」

「んなっ、し、失礼！　失礼だよ⁉　邑楽くん！」

「安心しろ、普段の失礼さでいけば神騙の方が上をいってるから」

特に僕に対する失礼さとか、天井越えて今もうなぎのぼりって感じである。

問題はその、うなぎのぼりしてるやつが他にもいるってことくらいだな。

ヤダ……僕の知り合い、だいたい全員僕に失礼……⁉

まあ、知り合いと言っても高槻先生と神騙くらいなものであるのだが。

ちょっと洒落《しゃれ》にならないくらいの交友関係の狭さだった。

明日から本気を出すと己を励ましてきた結果であると思うと、自然と涙が零《こぼ》れ落ちてくる。

チッ、良いんだよ。一人でも人生は楽しい、そういうもんだ。

「朝早いってことを加味しても庇《かば》いきれない目付きの悪さになってるよ、邑楽くん……また変なこと考えてるでしょ」

「だから、何で分かるんだよ……人の思考を盗み見るのはやめろ」

「人聞き悪いなぁ……嫌なら顔に出さないようにしてくれないと、困っちゃうよ？」

「困っちゃってるのは僕なんだよなあ」

どう考えても勝手に読み取られているのだが、あっちにはそのつもりがないので堂々巡りだった。

互いに「何か分かられてる」と「何か教えられてる」で認識してるっぽいんだよな。

全然そんなことはないのに、急に熟年夫婦のスキルを与えられたみたいになってんだよ。

こういうところで神騙の前世設定が、妙にリアリティを持ち始めるので本当に勘弁して欲しかった。

最悪の噛《か》み合い方である。

世界は神騙を中心に回るよう、贔屓《ひいき》されているんじゃないかと思ってしまうくらいだった。

今度からこいつと話す時は、目出し帽をかぶった方が良いのかもしれない……。

天は二物を与えずとは言うが、神騙の場合は別格である。この女に一体、神は何物与える気だよ……なんて考えていれば、その神騙が、妙に目を細めて僕の頬へと触れた。

それからグイと顔を近寄せて来て、眉根を寄せて僕を見る。

「邑楽くん、具合悪い……？　ううん、違うね。今朝、何かあった？」

「凄《すご》いな……いや、つーか、そんなに顔に出てるか？　僕。だとしたら、ちょっと困るんだけど……」

「大丈夫、ちゃんと隠せてるよ。でも、わたしはきみのお嫁さんだから。このくらい、お見通しに決まってるじゃない」

「……さいですか。ま、確かに何も無かったって訳じゃないけど、特別何かがあったって訳でもないよ。そう気にしなくて良い」

そう紡《つむ》いだ言葉は、あるいは自分自身に向けたものだったのかもしれない。

気にしないだなんて、実際簡単に出来るのならば、どれほど楽だろうかと思う。

全く意外ではないだろうが、僕はこういうのを結構引っ張るタイプだった。

自分で考えてため息が出るほどである――しかし、神騙はそんな僕を見て、「そっか」

と小さく微笑《ほほえ》んだ。

「それじゃあ、きみを元気づけるために、いっぱいギューッてしてあげる！」

「いやいらんいらん！　そんなバカップルみたいな回復の仕方あるか！」

「えぇ～……それじゃあ、お昼。その時に、きっときみを元気にしてあげる。楽しみに待っててね」

「今から昼が不安になってきたな……」

バックレようと瞬時に思ったが、そういえば神駆は僕の隣の席である。

つまり、逃げるのは不可能ということであった。

……やっぱり神駆の隣の席、罰ゲームだろ。

結局意味もなく、きつく抱き着いてきた神駆を見ながら、ぼんやりとそう思った――のが、今朝の出来事である。

朝早くからそんな、実に平和的なやり取りがあって――いつも通り学校へと向かった。

徒歩通学である神駆に合わせて、自転車を押してのんびりと、雑談でもしながら登校をしたので、いつもより多少時間はかかったのだけれども、しかし、だからといって、何事かあったかと言われれば、特に何も無かったと言うべきだろう。

残念ながらこの世界はノンフィクションで、非日常的な出来事はそう簡単には起こらない。

いつも通り登校して、いつも通り誰かと喋《しゃべ》ることはなく、いつも通り授業を受けて、いつも通りキンコンカンと、お昼を告げるチャイムの音が鳴り響けば、教室内の雰囲気がドッと弛緩《しかん》した。

お弁当を取り出す者、購買へと向かう者、机を合体させる者と、それぞれが自由に動き出す。

多々良野《たたらの》高校、二年三組は今日も平常運転。実にいつも通り、平和な喧騒《けんそう》に包まれ始めた。

人気者というか、高嶺《たかね》の花とすら言える神騙もそれは例外ではない。

今朝抱いていた僕の懸念《けねん》をあざ笑うように、神騙は男女問わず、友人に囲まれ始めていた。

アレでは僕に付き纏《まと》うのは難しいを通り越して、不可能に違いない。

それをラッキーとばかりに横目で見て、スルリと教室を抜け出した。

これもいつも通り、僕にとっては平常運転だ。特に誰かに気付かれることはなく、一人フラッと二つ上の階へと向かった……のだが、そこで何かが足りないことに気が付いた。

けれども原因が、いまいちピンと来ない。

スマホはあるし、読み止《さ》しの本だって持ってきた……では、何が無い？

のんびりと歩を進めながらぼんやりと、何か忘れてる気がするんだよなあ……と考えていれば、いつもの教室にはすぐに辿《たど》り着いてしまった。

ガラリと戸を開けて、窓を少しだけ開く。

使われていない教室特有の、少し古臭く埃《ほこり》っぽい空気を換気してから定位置に座り、

「なるほど、昼飯を忘れたんだ」

と、思わず腕を組んだ。脳内では「痛恨のミス！」と小《ち》っちゃい僕が叫んでいる。

いつもであれば、家から持ってきた菓子パンをモグついているのだが……。

今朝はちょっと色々あったからな。あれ以降、なるべく居間には近寄らないようにしていたせいか、すっかり持ってくるのを忘れていた。

ふー、と長めのため息を吐《つ》く。それから、「まあ良いか」と割り切った。

今から購買に向かっても、まともなものが残ってるとは思えなかったし、食堂は毎日、辟易《へきえき》するくらいには混雑している。

普段からソロプレイが基本な僕は、人が密集しているところは避ける傾向があった。

あと何か……量が多いんだよな。輝かしい青春を謳歌《おうか》しているタイプの高校生向けになっているのか、デフォルトの量がちょい大盛りなんだよ、うちの食堂。

朝昼と、基本的に菓子パンで満足していることからも分かる通り、僕は大食漢とは真逆の極致にいるような人間だ。

値段設定がお安くなっているのは有難《ありがた》いが、残すのは申し訳ないし、無理して詰め込むのは、それはそれで苦痛である。

……それに、あんまり好きじゃないんだよな。人の作った料理って。

いや、いいや。あるいはもっと正確に、好きじゃないのではなく、好きじゃなくなったと言うべきかもしれないが。

昨晩した『問題の先送り』とは、つまりはそういうことである——僕は、沙苗《さなえ》さんの手料理を食べる機会を、先送りにした。

いつまでも、そんなことを出来る訳がないということも含めて『先送り』だ。

けれどもそれで良かった。どちらにせよ、僕があの家にいるのは、高校に通っている間だけだと思うから。

だから、特に愛華《あいか》なんかには、気取《けど》られることすらされないくらい、ちゃんと隠し通したかった——高校さえ出れば、同時にあの家を出ても、何ら問題はないだろうから。

今はぎこちないあの家も、僕さえいなければ、平和的に回ることだろう。愛華は僕と違って、これ以上ないいくらい良い子なのである。

進学するにしろ、就職するにしろ、あの家は出る。それがきっと、互いに良い……って言うのは、ズルい言い方か。

僕が良いんだ。そうするのが僕にとって、何よりも都合が良いのである。

ざっくり後二年かあ。長いなあ、と訴えかけてきた小さな空腹を無視して、外を覗《のぞ》いた。

運動部の連中は、お昼だっていうのに、早速元気にグラウンドを駆けまわっている。

とてもではないが真似《まね》できない……つーかあんなに動いたら、折角補給したばかりのお昼ご飯エネルギーを、全部使い切っちゃうんじゃないかと思うくらいだ。

多分もう、人種として別物なんだろうなー、と思考をあっちやそっちに飛ばしていれば、

「だーれだっ」

不意に視界が、真っ暗に覆われた。

誰も何も、ここに来るような人間は、僕の他には一人しかいない

部外者の僕が、見てるだけでも〝うへぇ〟と思ってしまうくらいの群がられっぷりだったというのに、よくもまあ、抜け出してこれたものである。

僕の次くらいには、忍者としての適性があるんじゃないか、と苦笑いを零しそうになれば、目隠しの主は僕が分かっていないと判断したらしい。

もとより近かった距離をゼロにするように、身体《からだ》を密着させられる。

背中に柔らかい感触が伝わって、同時に耳元に呼気を感じた。

「ヒントは、きみのお嫁さんだよっ」

「〜〜〜〜っ！　何するんだ神騙《かんがたり》！　あと結婚はしてない！」

「あははっ、相変わらず耳弱いんだねぇ、邑楽《おうら》くん」

「しかも流れるように前世電波を受け取ってやがる……！」

隙を見せた僕が悪いのか、僅かな隙に付け込んできた神騙が悪いのか、議論を生みそうなところである。

パッと弾《はじ》くように身体を離し、数歩後退《あとずさ》る。

これ以上密着していたら、何をされるか分からない——何せ、相手は僕の想像の遥《はる》か斜め上をぶっちぎる女なのである。

警戒しつつも、いつもの定位置に腰を下ろせば、ニコニコとしたまま、神騙がついてくる。

「ごめんね、ちょっと遅くなっちゃったんだけど、お昼はもう済ませちゃった？」

教室にある僕の席とほとんど変わらない、窓際《まどぎわ》の席。

机を一つ挟み、向かい合わせに座った神騙が、少しだけ不安気にそう聞いてきた。

何をそう気にするのかとは思ったが、まあ、一緒に昼食を食べたかったとかかもしれない。

夫婦は二人で一緒にご飯を食べるものでしょ？　とか平然と言いそうだもんな、こいつ……。

「残念なことにまだ。つーか、忘れてきたから今日は昼抜きだ」

「ありゃ、それはラッキーだ」

「あっ、人の不幸は蜜の味タイプの人？」

「そんなことないよ⁉　ただ、都合が良いというか、わたし的にラッキーというか……えへへ」

照れたように頬に朱を差し、可愛《かわい》らしく笑った神騙が小さな鞄《かばん》を机に載せた。

ジジッとジッパーの口を開き、一つの箱を取り出す――それを見て、思わず眉をひそめた。

それはお弁当箱だった。続いて出てきた水筒が、その存在を強固に補完している。

こいつ……もしかしてお腹《なか》を空《す》かせた僕の前で、美味《おい》しくお腹を満たす気か？

空腹に苦しむ人を前にして食べるご飯は何よりも美味しい、とか言い出すタイプの人間だったのかもしれない。

性格が悪すぎる……。

特殊というか、いっそ変とも言ってしまいたい自身の体質上（手料理が苦手であることを、体質だなんて言って良いものなのかは分からないけれど）、恵んで欲しいとは思わないが、それはそれとして、というやつだった。

とはいえ、まあ、仕方ない。元はと言えば、お昼を用意するのを忘れた僕が悪いのである。

もっと言えば、購買や食堂を選択しなかったことも含めて、自己責任だ。

ここは甘んじて受け入れるとしよう……。

「急に落ち込み始めた⁉　しょぼんってなってるの、とっても可愛いけど、別に嫌がらせとかしないよ⁉」

「つまり神騙にとって、この程度はお遊びに過ぎないと……？」

「絶対変な勘違いしてるよ、きみ……」

仕方のない人だなあ、と呆《あき》れたように、けれども慣れてるように神騙が笑い、パカリとお弁当箱を開く。

一人暮らしをしているとは言え、神騙は推定金持ちのお嬢様である――ついでに言えば、そうでなくともあの神騙の弁当だ。

それはそれは、庶民がお目にかかるのも許されないような、贅《ぜい》を尽くした弁当なのだろう……とか思っていたのだが。

特にそんなことは無いんだな、というのが正直な感想だった。色とりどりのそれは、客観的に見れば美味しそうに見える。

二段のお弁当は一段目が白米で、二段目がおかずだった。

ただ、問題はその量である。いくら食が細い方とは言え、それでも男子高校生な僕から見ても、その弁当はデカかった。

明らかに女子高生が一人で食べる量ではない——少なくとも、一般的な女子高生が、毎昼食べきれるような量では無かった。

すげーな、神騙。見掛けによらない部分がドンドン見えてくるんだけど。

良い悪いではなく、ただ意外で目を見開いてしまう。

まあ、どれだけ食っても明晰《めいせき》な頭脳と万能な運動神経、それからその……女性的な部分に栄養が行くんだろうな。

そんな、少々下世話なことを考えていれば、お手々を合わせて「いただきます」と言った神騙が、お弁当の一角に佇《たたず》む卵焼きを箸でとって、それをそのまま向けてきた。

神騙がニコリと満面の笑みを浮かべ、口を開く。

「はい、あーん」

「……いらない」

「遠慮しなくても良いんだよ？」

「や、遠慮っつーかだな……」

手料理は食いたくないんだ、なんて話、好んでしたいものではない。

僕だって出来れば美味しく食いたいくらいだし、無いとは思うが、神騙から他の誰かに伝わり、いつの間にか愛華の耳にでも届いたら最悪だ。

学年も違えば、学校も違うが、何せ人脈が豊かなことに定評のある神騙である。

可能性が少しでもあるのなら、なるべく避けたかった。

けれど、そんな僕の内心をまるで読み取ったかのように、神騙は、

「大丈夫だよ、何せきみのお嫁さんが作ったお弁当なんだから」

なんてことを、笑みを携えたまま言った。

ドシンプルに何も大丈夫な要素が無いと思ったが、そう言おうと口を開いたら、そのままスッと入れられてしまった。

「――ッ！」

反射的に、すぐさま飲み込もうとする。

美味しい、美味しくないの話ではなく、身体が反射的に吐き出そうとするのを意識的に、

強引に押し返そうとして、その必要が無いことを悟った。

砂糖が多めに入れられているのだろう、甘い卵焼きはどこか安心感のある味だった。

それを、拒絶するどころか、むしろずっと求めていた味であるかのように、身体は受け入れていた。

「……美味しい」

確かに甘くはあるが、甘すぎない程度に焼かれた卵焼きは、妙に舌に馴染《なじ》んで、咀嚼《そしゃく》するほどに旨味《うまみ》が広がるようだった。

卵焼き一つに何を真剣に食レポしようとしているんだと、我ながらそう思わないこともないが、しかしそれくらいの驚愕《きょうがく》だったことは分かって欲しい。

え？　何か泣けてきちゃったんだけど。

やばいやばい、このままでは脈絡もなく、唐突に泣き出した変な人になってしまう。

くっ……と涙腺をこじ開けようとする涙を抑え、天井を見るように頭を上げた。

「ほら、ね？　大丈夫だったでしょ？」

「神騙、お前一体何なんだよ……」

「何って言われたら、きみの前世の妻で、きみの今世の彼女……カッコ仮、かな？」

「お、おぉ……今までで一番説得力があったな、今の。全然彼女ではないが……」

ええ～？　と不満げな声を漏らすものの、くすくすと楽しそうに笑う神騙。

よしよしと僕の頭を撫《な》でた神騙が、弁当を僕に見せる。

「どれでも好きなのを食べて。きみの為《ため》に腕によりをかけたから、ぜーんぶ美味しいよっ」

「すげぇ自信だな……実際そうなんだろうけど。ええっと……それじゃあコロッケ食べても良いか？」

「あっ、今世でもコロッケ好きなんだ。ふふっ、かーわいい」

「は？　ばっかお前、そんなの嫌いな男子高校生なんて存在しないだろうが」

「でも、一番に選んじゃうくらいには好きなんでしょ？」

「くっ……」

光の速さで論破された僕は、屈辱に打ち震えながら箸を借りようと手を差し出したのだが、神騙はコロッケを箸で摑《つか》んで向けてくるのだった。

「あーんっ」

「なぁ……もしかしてそれじゃないと食わせてくれないのか？」

「当たり前じゃない、わたしたちは相思相愛なんだから」

「相思でも相愛でもないんだよなあ」

かなりの一方通行なんだけど……まあ、背に腹は代えられないしな。

あーんと口を開けば、嬉《うれ》しそうに食べさせてくれる神騙だった。

×　　×　　×

さて、今日はどこで何をして時間を潰そうか。

放課後を目前にした、帰りのホームルームを聞き流しながら、そんなことを考える。

と言っても、悲しいことにレパートリーが片手で数えられる程度しかないので、悩むほどではないのだが……。

それでも選択肢があるのなら、どれにしようかという思考を挟んでしまうのが、人間というものである。

因《ちな》みに今の選択肢はファミレスとカラオケだった。滅茶苦茶《めちゃくちゃ》二択だし、どっちも飽きるほど行ってるじゃねーか。

まあ、歌う気分では全く無いので、ファミレスで良いかな……と思っていれば、

「あ、あと凪宇良《なぎうら》。後で職員室ね」

という、死刑宣告みたいな一言が僕の頭に落ちて来るのだった。

僕、何か悪いことしたっけかなぁ……。

「まあ悪事を働いたか働いていないかで言えば、言い逃れようもなく働いているわよね」

「言いがかりはやめてください、僕は清廉潔白を地で行く人間ですよ？」

「二人乗り、逃走」

「クソッ」

放課後、職員室。

素知らぬ顔してバックレようと思ったのだが、それを見越していたかのような神騙《かんがたり》に捕らえられ、高槻《たかつき》先生に引き渡された挙句、そのままドナドナドーナーっと連行された僕だった。

流れが鮮やかすぎるだろ。打合せでもしてた？　ってくらい淀《よど》みのない連携だったんだけど……。

おかげで文句を言う暇もなく職員室まで連れてこられてしまっていた。

ちなみに当の神騙はここまでついてくることはなく、「外で待ってるね」とのことである。

これから何をさせられるんだろう――冗談ではなく、真面目に呼び出されるようなことをした覚えがない。

二人乗り云々《うんぬん》についてだって、高槻先生は前言を撤回して後日に罰を下すような先生ではないし、仮にもしそうなら神騙も呼ばれているべきだ。

つまり、これは僕にしか伝えられないような内容かつ、秘匿性が高いものではと考えられる。

となれば……やはり死体埋めか？　いやぁ、いつかやると思ってたんだよな。

この人、意外と不満をため込むタイプの人間だし、ついカッとなってヒモの彼氏を一撃必殺してしまったのかもしれない。

事情は分かるだけに、そんな凶行に走ってしまった先生には同情するが……殺人は犯罪だからな。

僕は慈悲の笑みを浮かべ、先生の手を取った。

「先生、自首しましょう。微力ですが、僕も力になるので……！」

「なに⁉　急に何の話してんのよアンタは！」

「えっ、ついにヒモのバンドマンを殺したから埋めに行こうって話では……⁉」

「してないけど⁉　当たり前みたいにアタシを人殺しにしてんじゃないわよ！」

冗談でも職員室で滅多なこと言うのはやめなさい！　とチョップを落とす先生だった。

これは僕が悪い。

思いのほか痛かった一撃に身悶《みもだ》えしていれば、高槻先生が〝はぁ～……〟と深々としたため息を吐《つ》く。

「アンタにはアタシに投げられた雑用を……んんっ、ちょっとした奉仕活動を命じようと思ってね」

「おい本音漏れてたぞ今」

「……秘密を知られたからには、消えてもらわないとならないわね。具体的には成績とか」

「いやぁ、最近奉仕精神に目覚めたばっかりだったんですよね！　どうします？　稀《まれ》に休日に駅構内で見かける、こいつら明らかに学校にやらされてるんだろうっていうのが透けて見える、運動部連中の募金活動みたいなことでもしますか？」

「手のひらの返し方が最悪すぎるでしょ……」

呆《あき》れたように再び息を吐いた高槻先生が、僕の手にジャラジャラと鍵束を乗せた。

ちょっと数えるのも億劫《おっくう》なくらいの本数が束ねられているそれは、少々以上に年季を感じさせる。

あと地味にどころか普通に重い。何だよこれ、地下牢《ちかろう》の鍵でももうちょいスッキリしてるぞ。

よく見れば鍵には色あせたシールが貼ってあり、何かしらの文字が書かれてるようだった。

すわ呪物か何か？　と思ったが、どうにも教室名が書かれてるらしい。辛《かろ》うじて最後の「室」だけ読み取れる。

「それ、うちの学校にある無数の教室の鍵。どれがどれかは分かんないけど、管理しないで放置って訳にもいかないじゃない？　って話が昨日、職員会議で出たのよね」

「ほほう、それで高槻先生が任された、と」

「そ、ほら、アタシってば若手だから？」

「わ、わぁ……」

単純に仕事を押し付けられているだけなのに、思考を停止することでなんとか好意的に受け入れようとしている、哀れな成人女性を直視させられて、思わず涙が出そうになってしまった。

今度から、もう少しくらいは優しくしてあげよう……と心に誓う。

「先生……理不尽に鈍感になることだけが、大人になるってことじゃないんですよ」

「喧《やかま》しいわね⁉　突然悟ったようなこと言い出すんじゃないわよ！　ちょっと一瞬キュンってしたのが腹立つ！」

「うわーっ！　理不尽！」

　バシベシと僕の足を蹴り倒す高槻先生だった。完全に虐待の現場であるのだが、何だか生暖かい目が周りから集まっていた。

　何だこのチョロい先生は……そんなんだからヒモ男に引っ掛かるんですよ、とは流石《さすが》に言えないが。

　蹴られながらも、周りと同じ視線を向ければ、疲れたように高槻先生は背もたれに背を預ける。

「とにかく、アンタにはどれがどこの教室の鍵なのか、調べて欲しいのよね。別に今すぐって訳じゃないけど、なるべく早めにお願いしたいのよ。できる？」

「め、めんどくせぇ……」

「良いじゃない、どうせ放課後暇してんでしょ」

「……あぁ、なるほど。ありがと、先生」

　高槻先生は、全てとは言わないまでも、ある程度は僕の事情を知っている人間だ。

　だからこれは、僕が放課後すぐに、家に帰らなくても良い理由を作ってくれたと、そう捉えることも出来る。

　まあ、単純に面倒ごとを押し付けただけという側面もあるのだろうが……結果的にウィンウィンになっているのだから、文句を言うところでもないだろう。

有難《ありがた》く頂戴……しようとして、手に乗る重みに一瞬怯《ひる》めば、

「ああ、でもアンタ、部活とか入ってなかったわよね？　どこかしらに入るって言うなら、勘弁してあげても良いわよ？」

なんてことを言う、高槻先生であった。

やれやれ、分かってないなと思わず肩を竦《すく》め、ハッと鼻で笑ってしまう。

「僕が今更部活なんかに入って、本当に馴染《なじ》めるとか思ってるんですか？　だとしたら、あんまりにも楽観的すぎて、臍《へそ》で茶が沸かせますね」

「何をそう自慢げに、どうしようもなくダサいことを言ってんのよ、アンタは……」

「三日で自主退部する未来しかないですからね、僕のコミュ力は5です」

「いや、凪宇良の場合は普通に5未満だと思うけれど……」

何気にサラリと酷《ひど》い高槻先生だった。ちょっとだけ傷つきながらも、鍵束をポケットにしまい込む。

ジャラリと硬質な音がして、制服がズンと重くなった。

安請け合いしちゃったかなと、早速後悔し始めたものの、後の祭りである。とてもではないが、前言撤回が出来る空気ではない。

そんな、文句の一つも出ない僕を見て、高槻先生は満足したようだった。

「それじゃ、よろしく頼むわね、もう行って良いわよ」

「うっす、それじゃさよなら、先生」

「はい、さよーならー。また明日ね、サボるんじゃないわよ」

「まるでサボり常習犯みたいな言い方はやめましょうね？　無いから、一回もサボったこととか無いですから！」

僕の内申点をシレッと下げようとするのはやめてくれますか⁉　と絶叫しながら、逃げるように職員室を出る。

ピシャンッと音を立てて扉を閉めてから、少しだけ考える。

というよりは、思い出そうとすると言った方が、より正確だろうか——神騙はどこで待ってるって言ってたっけな。

いや、いいや。よくよく考えてもみれば、具体的な場所は言っていなかった気がしないでもない。

しかし、そうは言っても、「それじゃあ合流できないのも仕方のないことだし、放っておくとするか」と思えるほど、僕は非常識的な人間ではなかった。

もとい、神騙のことなので、忠犬ハチ公の如《ごと》く、合流できるまでジッと待ってそうで怖いというのが、本音の六割ってところなのだが……。

そんな訳で、一先《ひとま》ずは昇降口へと向かうことにした――もちろん、ここまでの思考を唐突に全て投げ捨てて、帰ろうということではない。

靴箱を確認し、校内にいるのかどうかだけ、確かめようと思った次第である。

職員室があるのは一階だ。だから、昇降口に向かうのに、然《さ》したる苦労はない。

だから、ものの数分もかからぬ内に辿《たど》り着いた僕は、

「あれ？　きみって神騙さんだよねぇ、一人なの？　もしかして暇してる感じ？　それなら俺と遊びに行かない？」

「ごめんなさい、今は夫を……んんっ、彼氏を待ってるんです」

「夫……？　まあいいや、そんな見え見えの嘘吐《うそつ》かなくて良いって。彼氏いないって、結構有名だよ、神騙さん」

実に目を疑うような光景に出くわしてしまっていた。

何と言うか……あまりにも如何《いか》にも！　って感じの絡まれ方を、神騙がされている。

街中ならまだしも、学校でそんなことする人っているんだ……と、一周回って微妙に感動してしまった。

美少女ってやつも楽じゃないな、本当に――と、他人事《ひとごと》のように思う。

いや、実際に他人事なのだから、別にそれは当然であるのだが、しかしこの場合に限っては、ただの他人事だと、切り捨てられない問題が残念ながら発生してしまっていた。

神騙《かんがたり》は何も、何の予定も目的もなく、ただぼんやりと昇降口付近に突っ立っていた訳ではないのである。

むしろ、明確な目的を持ってさえいた——神騙は、僕を待っていたのだ。

そして、それさえなければ絡まれていなかったであろう相手に、今絡まれている。

それは要するに、僕にさえ構わなければ、神騙はあのように不快な思い（多分）をしなくて済んだということだ。

そう考えるのであれば、責任の一端どころか、大部分は僕にあるように思えた。

つまり、僕にはアレを、どうにかする義務がある訳である。

いや、でもなぁ……。

神騙に絡んでいる男子生徒は、上履きに入ってるラインの色からして、一個上の先輩である。つまりは三年生。

髪は茶色に染められていて、身長はそこそこ高め。

容姿は悪くはないと言って良いだろう。我らがクラスのイケメン代表、立向《たちむかい》日向《ひなた》とは比べようもないが、平均以上であるとは思う。

あと身体《からだ》が意外とがっしりとしている。喧嘩《けんか》になったら二分以内にボコされるイメージが鮮明に思い描けた。

まあ、なんだ。つまりはそういうことである――有り体《てい》に言って、普通にビビった。

直視してから一瞬視線を逸《そ》らし、それから二度見、三度見したまであるレベル。

出来れば穏便な感じに、あちらの方で解決して解散して欲しいのだが、どうにもそうなる様子はない。

何なら時間が経《た》てば経つほど、険悪になっていきそうな雰囲気だ……。

あー……こういうの、本当に向いてないんだけどな。

何もかもが僕向きじゃない展開だ。けれどもここで、知らない振りをするのは、そもそも人としてどうかと思う。

腹を括《くく》るか……とため息に近い深呼吸を一つ。

最終的には土下座をかませば何とかなるだろう、と己を鼓舞して歩み寄った。

なるべく先輩を視界に入れないようにして、割り込むように間に入ってから、神騙の手を摑《つか》む。

「ああ、いたいた。神騙、先生が呼んでる。結構ご立腹だったから、早く行くぞ」

「あっ、え？　邑楽《おうら》くん？」

「は？　おいちょっと待てよ、何だお前」

「ん、悪いね、先輩。でも先生が呼んでるから、こっちも急ぎなんですよ」

僕らはともかく、神騙が怒られるのはちょっと可哀想《かわいそう》でしょう？　なんてことを、結局対面して言うことになった。

僕より少し背の高い先輩は、あからさまに気分を害した様子で僕を見る。

うぉ……マジ怖い。喧嘩とかしたことのない僕にはちょっと刺激が強すぎる。

足がブルって来たのだが、ここまで来たら引く訳にはいかない。というか物理的に引けなかった。

意図した訳ではないが、割り込んだせいで神騙を背中で隠す形になってしまったのだ。

ドクドクと鳴る心臓が、現在進行形でバリバリと寿命が削れてますよ～ということを、しっかりと僕に教えている。

クソッ、逃げ出したいのに逃げる訳にはいかないんですけど！　何だこの状況は⁉

間違いなく、僕の人生において一度くらいしか体験できないであろうイベントを味わわされている自覚があった。

僕、こんな形の初めてかつ最後な体験いらない……。

「おいおい、別に俺はイジメてた訳じゃないんだぜ？」

「や、だから先生に呼ばれてるって言ってるでしょ。その耳は飾り……なのでしょうか？」

「あ⁉」

先輩の声が怒気を帯びてしまった。当たり前である。テンパりすぎたか、一周回って普段の軽口が出ちゃったせいだった。

途中で気が付いたので、敬語にすることで軌道修正を試みたのだが、結果的に滅茶苦茶《めちゃくちゃ》煽《あお》った人みたいになってしまっていた。

おい……どうすんだ、これ。

僕のコミュニケーション能力の低さが、考え得る限り最も悪い形で露呈してんだけど。5未満のコミュ力が刺さりまくってますよこれぇ！

これはもう、言葉を捨てて逃走するしかないか……と思っていれば、不意に背中に柔らかい感触と体温を感じた。

ギュッと腕を回されて、少し背伸びをしたのか、神騙が僕の肩越しに顔を出す。

「えへへ。この人がわたしの待っていた旦那様なんです。かっこいいでしょ？　特にこの、怖いのに全く顔に出てないどころか、隠そうとして威圧的になってるところとか、凄《すご》く良くないですか⁉」

「は？」

「……は⁉」

反応がシンクロする僕と先輩だった。

互いに同じ動きで、神騙を見てから目を合わせる。

「え、なに？　ガチなの？　ガチカップルなの⁉」

「いや待って違う違う違う違う！　騙《だま》されるな、先輩！」

「よく見ればアホ毛とかも感情に左右されてるのかピョコピョコしてるんですけど、そういう不思議で神秘的なところも可愛《かわい》くって、それでですね──」

「いや全然違うことないじゃん⁉　超好きなやつじゃんそれは！　そういうことなら先に言えよ！　俺は純愛過激派なんだよ、クソッ！」

「純愛過激派ってなに？」

いや本当に何なの？　という疑問は、しかし先輩には届かなかったらしい。

突然、意味不明なことを叫んだ先輩は、「お幸せにな〜ッ！」と絶叫しながら走り去ってしまった。

何で捨て台詞《ぜりふ》がちょっと良いやつ風味なんだよ。声がデカすぎて、軽く木霊《こだま》してるし……。

そういうところでポイントを稼ごうとするの、良くないと思うな……なんてことを考える。と同時に変な気の抜け方がして、ガクッと肩を落とした。

今の無駄な緊張感なんだったんだよ。

蓋を開けてみれば、神騙の超高速詠唱で先輩を撃退しただけである。

僕の一世一代レベルの覚悟を返して欲しかった。こっちは足が震えるどころか、腰が抜けるかと思ったんだぞ。

「ふふっ、かっこよかったよ、邑楽くん」

「かっこいいって……ほんとかよ」

「本当、本当。きみはいつもかっこいいけれど、今のきみはとってもとーっても、かっこいいわたしの旦那様だったよっ」

「当たり前みたいに旦那にされている……」

お昼に彼女カッコ仮で妥協した神騙はどこに行ったんだ、という文句を言う気も、心底から嬉《うれ》しそうにこちらを見てくる神騙を見れば、失《う》せるというものであった。

言葉になりきらなかった感情を、小さな吐息に変えて、緩く吐き出す。

まあ、どう考えても僕のお手柄ではなかったのだが、それはそれとして、穏便に解決して良かったなと心底そう思う。

何事も平和的なのが一番だからな——まあ、構図としては頭のおかしい女が、頭のおかしい先輩を追い払ったというものなのだが……。

こう言うと、ちょっと平和とは言いづらいかもしれなかった。

もうちょっとマイルドな表現に出来ないかな……と無い語彙を探していれば、「そういえば」と神騙が言う。

「結局、高槻《たかつき》先生とは何を話してきたの？　やっぱりお説教されちゃった？　よしよし、元気出してね」

「疑問形の割にはほとんど確信してるじゃねぇか……しかも全然違うし」

「あれ？　違うんだ？」

「……まあ、物の見方によっては、違うとは言い切れないかもだけど……」

視点を変えれば、ペナルティを与えられたと言えなくもない。

要は、僕がどう捉えるかなのである——だから、僕としては、ただ仕事を依頼されたという認識だ。

何でも客観視できるほど、僕は大人じゃない。

どちらかと言えば、何でも都合の良い方に解釈してしまう性質《たち》の人間である。

だから、僕のそういうフィルターを通した上で、廊下を歩きながら神騙に事情を話せば、

「きみは本当に、普段の言動とかスタンスに反して、いっつも誰かの為《ため》に忙《せわ》しないねぇ」

神騙はいつも通り、分かったようなことを、実に嬉しそうに言った。

こうも屈託のない、自然な笑顔を見せられると、何だかこちらが照れてしまって、思わず目線を逸らしてしまう——そうすれば、視界に入るのは代わり映えのしない廊下だ。

強《し》いて普段と違うところを口にするのなら、人気《ひとけ》が少ないということくらいだろうか。

それなりに広い校舎の割に、生徒も教師も言うほど見かけない。

と言っても、それもおかしな話では無いのだが——多々良野《たたらの》高校は、僕が部活に所属していないことからも分かる通り、また高槻先生が冗談交じりに条件に出したように、部活動が強制されている学校ではない。

したがって、放課後学校に残る生徒というのは、そこまで多くはない——決して、少ないというほどではないのだが、校舎を探索するにあたって、まるで別の学校に感じられるくらいには、放課後の校舎は閑散としていた。

耳をすませば外からは、野球部やサッカー部といった運動部の声やら音が。

校舎内からは、吹奏楽部なんかのメロディーが、うっすらと流れて来て耳朶《じだ》を叩《たた》く。

時折、教室に残っている生徒や、文化系の部活に所属する生徒たちの談笑を聞き流しながら、相変わらずだなあ——と付け足した神騙に、やはり乾いた笑みが出た。

尤《もっと》も、もうそこについては突っ込むまいと、自分に言い聞かせながら肩を竦《すく》める。

「忙しないって……僕は基本的に、放課後は暇してるタイプの人間だぞ？　今日みたいに頼まれ事される方が稀《まれ》だし、承諾するのも稀だ」

「ええ～？　そうかなあ」

「そうなんだよ……だいたい、今日はもうさっきので疲れたから、ぶっちゃけ働く意思は限りなくゼロに近い」

「でも帰らないで、こうして先生のお願いを聞いてるんだから、きみは偉いよ。よしよし、良い子良い子」

「いや、僕としては別に、今すぐ取り掛かるつもりはないと言うか、普通に明日からで良いかなって気分なんだけど……あの、ちょっと？　神騙《かんがたり》さん？　ねえ、聞いてる？　おい、無視するんじゃない……！」

あまりにも自然な動きで、僕の腕を搦《から》め捕る神騙であった。なにこれ？　完全に武術の動きだったんですけど……。

何なら最早《もはや》、搦め捕ると言うより、抱きしめているような形ですらあった。

これはこれで、隙があっても動かしづらいやつだな……と戦慄する僕のことは露知らず、何なら都合の悪いことは聞こえませーんとばかりに、神騙は僕をずるずると引きずっていく。

何をどう考えたって、先程の出来事に一番疲労させられたのは、神騙の方だと思うのだが……。

いやはや、とんでもないフィジカルと勤労意欲である。

特に活躍はしていないのだが、それはそれとして、自分へのご褒美《ほうび》にパフェくらいは頼んで良いかもしれない……なんてことを考えていた僕には、一生かかっても理解できないだろうなと腹の底から強く思う。

神騙が相手だと、どうにも思った通りに事が進まないな……と、せめて文句だけでも言ってやろうかと思ったのだが、

「何をするにしても、二人で一緒なら、きっとどこでも楽しいよ——えへへ、放課後校内デートだね」

といったように、先手を打たれる僕だった。華やぐような笑顔で、そんなことを言われてしまえば、流石《さすが》にお手上げである。

思わず白旗を上げて、ポケットにしまい込んでいた鍵束を手渡しちゃったレベル。いや本能レベルで負けを認めちゃってるじゃねぇか。

神騙のことだし、まさか悪用するなんてことは万が一にも無いだろうけれど、そうは言

っても、一応は僕が高槻先生に渡された物である。

それを、預けたままにしておくのはどうかと思ったし、だからと言って、今更返せと駄々をこねるのは、あまりにも支離滅裂な行為である。

となれば、渋々ながら従事するしか道は残されていなかった。

一階からゆったりと、足音一つすら響く放課後の校舎をそぞろ歩く。

先生が僕なんかに任せたように、この依頼は難しいものではない。というか、やろうと思えば小学生だってできるだろう。

ただ単純に、ひたすらに手間がかかって面倒、というだけのことである。

だからまあ、同行者ができたこと自体は、案外悪いことではないのかもしれなかった。

僕の最高にして最強の遊び相手は、四六時中傍《そば》にいてくれるスマホちゃんであるが、校内と言えど、歩きスマホは見つかれば咎《とが》められる。

特に、うちの体育教師なんかに見つかった日には最悪だ。

ルールをブッチした生徒をひっ捕らえて、怒鳴ることを生き甲斐《がい》にしているような、ゴリラの如《ごと》き男教師に見つかれば、軽く数十分は説教タイムと洒落《しゃれ》こんでしまうだろう。

そのリスクを避けることを第一に考えるのならば、会話相手がいるという状況は、かなり理想的とも言えた。

いくら僕が単独行動を好んでおり、単独での暇潰しに精通していると言っても、誰かと二人っきりの中、ポチポチとスマホを触るほど嫌な人間ではない。

「さて、それじゃあ、そんな頑張っている邑楽《おうら》くんには、わたしからご褒美をあげようかと思います」

「ふぅん、ご褒美か。早速不安になってきたな、キスするとか言わないよね？」

「……邑楽くんのえっち」

「は？　え？　お前、そういう反応できるの⁉」

いつも通りの軽口だったはずなのに、顔を真っ赤に染める神騙であった。隙あらば抱き着いて来て、遠慮も躊躇《ちゅうちょ》もなく顔を近づけ、今なお腕にしがみついている女とは、全く思えない乙女的反応である。

流石に僕も動揺してしまって、思わず声に出てしまった。

うぅ～、と可愛らしく唸《うな》った神騙が、「だって」と、昨日から受け取っていた、快活な印象とは真逆の小さな声で言う。

「だって、邑楽くんにとって、わたしからのキスはご褒美になるって、思ったってことでしょ？」

「…………ばっ、ちがっ、いや、そうとも受け取れるかもしれないけれど、違うだろう⁉」

「でも、良いよ。邑楽くんにはまだ、ちょっと早いと思ってたし、わたしも心の準備が必要だったから抑えてたけど……きみが求めてくれるなら、わたしは大丈夫」

「安心しろ！　僕が全然大丈夫じゃないから！」

むしろその、急に出してきたしっとりとして、それでいて甘さのある雰囲気を引っ込ませろ！

何だかむず痒《がゆ》くて仕方がないし、やたらと心臓が跳ねるものだから、走ってもないのに息が切れてきた。

おい、何なんだこれは。

完全に僕が悪いみたいな流れであるのだが、その流れを神騙が自覚的に、あるいは無自覚的に加速させている。

下手をすれば、後戻りの出来なそうなところまで、一瞬にして追い詰められていた。

慎重に言葉を選ばなければ、手遅れになってしまいそうである——と、嫌な冷や汗を流し始めた僕に対し、

「なーんてね、慌てすぎ。でも、そういう余裕のないところを見るのは、ちょっと新鮮かも」

なんて言って、神騙はカラッとした笑みを見せた。

それから僕の紅潮した頬を、愛《いと》おし気な目で見ながら撫《な》でる。

「えへへ、ちょっと揶揄《からか》っちゃった。どう？　ビックリした？」

「お、おま……マジで心臓口から出るかと思った……」

「あははっ、それなら良かったぁ。きみの退屈な毎日に刺激をお届け☆　ってね」

「寿命が縮まるタイプの刺激はやめろ……」

はぁ～……と深々息を吐けば、神騙が僕の腕を離し、ごそごそと鞄《かばん》を漁《あさ》る。

今度は一体何をする気なのか、警戒心を保ったまま半歩ほど下がると一歩分詰められる。

それからスッと、人差し指が口に差し込まれた――否《いな》、そうではない。

もっと硬質な何かが入れられて、その勢いが余って指が入ってきただけである。

「むぐ、ん……甘い。これ、クッキーか」

「ん、だいせーかい。昨晩、焼いてみたんだ。どう？　美味《おい》しい？」

「……美味しい。けど、帰ってから焼いたのか……忙しいのはどっちだよ」

「わたしは、きみが好きでやってるから良いのっ」

そこは自分が好きでやってるからではないのか……と思わないでもなかったが、本人が疲れているどころか、嬉《うれ》しそうにしているので、口に出すのは野暮だった。

それに、しっかり味わってしまったのだし——弁当に引き続き、お菓子までもらってしまった。

こうなってくると、他人の手料理が食べられないなんて、どの口でほざいていたんだと、我ながら思ってしまう。

まあ、だからと言って、今すぐ沙苗《さなえ》さんだったり、愛華《あいか》の料理が食べられるとは思わないのだが——気を抜いて口にしてしまえば、それこそ薄氷の上で成り立っているかのような、今の関係を壊してしまいかねない。

当分は、食べられるのは神騙の手料理くらいなものだろう……いや、明日も恵んでもらえるとは限らないのだが。というか、いつも通り菓子パンを持ってくるので、そういう機会は無いのだろうが。

何だかもう、随分と絆《ほだ》されてしまってる気がするな、と自らのチョロさを少し呪った。

おかしいなあ、僕は結構……というか、かなり他人に壁を作るタイプの人間なはずなんだけれど……。

神騙がアクティブすぎるというのもあるが、それにしたって、妙に心を許しすぎているような気がしないでもない——それの何が問題なのかと言えば、そんな自分に違和感の一つも抱いておらず、むしろこれが自然な形であるかのように、受け入れてしまっていることなのだが。

何なら本当に問題なのかどうかすら、ちょっとばかし怪しいところである。

……こんなことを考えている時点で、多かれ少なかれ、毒されているんだろうな。

それが良いことなのか、悪いことなのかは、この先分かることだろう。

思わず零《こぼ》れそうになったため息を飲み込めば、神騙がクイクイと僕の裾を引っ張った。

「邑楽くん？　ぼぉっとしすぎだよ。やっぱり、美味しくなかった？」

「なに不安になってんだよ……逆だ逆。むしろ、甘さとかも好みどんぴしゃりで、ビックリしたくらいだって」

自信たっぷりだと思えば、急に自信をなくしたり、妙なやつだな……と思いながらも立ち止まる。

僕だって、何も当《あ》て所《ど》なく歩いていた訳ではない——というか、誰にも使われていない教室をわざわざ見つけ出し、お昼を毎日そこで食べているようなやつだぞ？　僕は。

使われていないけれど、扉に鍵がかかっている教室には、いくつか心当たりがあった。

鍵束を受け取りながら扉の前にしゃがんで、純粋な疑問を口にする。

「まあ、何て言うかさ、昨日も今日も、僕に付き合って良かったのか？　恋愛脳でもあるまいし、友達に付き合った方が良かったんじゃないの？」

ガチャガチャと、開かずの扉の如き不動の扉に対し、一本ずつ鍵を試すという、一種の苦行に近い作業を黙々とこなしながら、そう尋ねる。

何度も言うようではあるのだが、神騙《かんがたり》かがりはクラス内外問わずの人気者である。当然、僕とは比較するのも烏滸《おこ》がましいくらいには友人が多く、これまでの放課後だって、その友人たちと過ごして来たであろうことは想像に難《かた》くない。

それを急に、「前世の夫だから」なんていう、当の本人である僕でさえ「ヤバい女だ……」と思ってしまうようなことを堂々と宣《のたま》い、更には友人との時間を削っているのだから、疑問の一つや二つ生まれるものである。

他人からの評価というのは、些細《ささい》なことでも一変してしまうものである。

僕に構うことで、神騙の評価が落ちてしまう可能性だって無きにしもあらず……というか、全然ありそうなものであった。

しかし、そんな僕の懸念《けねん》を吹き飛ばすように、神騙は屈託のない笑みを浮かべた。

「んー？　大丈夫だよ。今はきみとの時間を大切にしたいから……それに、このくらいで無くなっちゃう縁なら、その程度の縁だったってだけだしね」

「だいぶ苛烈なこと言い出したな……恋と友情なら、恋を取る派か？」

「難しいこと聞くなあ。それは状況次第だと思うけど……でも、きみとその他なら、きみを取るよ」

「お、おぉ……そうか」

サラッと言った割には、デカい感情が乗ってそうな台詞《せりふ》に、思わずたじろいでしまう僕だった。いやマジ怖いって！

どっからそんな、捻出するのもエネルギーがいりそうな感情が出てくるんだよ。

普通にビビってしまうので、出来れば控えめにして欲しかった。

どう反応すれば良いのか分かんなくて困っちゃうんだよ。

「何事にも優先順位があるべきだと——付けておくべきだって、わたしは思ってるから。そういう順番は、普段から決めてないと、いざって時に困っちゃうじゃない？」

「いざって時に遭遇したことがあるみたいな言い方だ……」

「あるから言ってるんだよ——だから、わたしの一番はきみ。それより上は、絶対にないよ。これまでも、これからも」

「いや感情、感情がデカいんだって」

一個人に……ましてや、昨日会ったばかりの男子に軽々しく言って良いことではない。

これで神騙ではなかったら——というか、前世がどうとか言っている女では無かったら、うっかり惚《ほ》れてしまっていたところである。

よ、良かった……僕の理性はまだ生きているらしい。

これ以上の猛アタックを喰《く》らったら、理性が麻痺《まひ》って本気で好きになってしまいかねないので、今の内に距離を見定めなければならないだろう。

その為《ため》にもまずは、このどうしたら良いのか分からん空気になってしまった現状を破壊しなければならないので、扉さんはさっさと開いてくれませんか……と念を込めながら鍵を挿し込めば、これまでと違ってスルリと入る。

それからクルッと回せばカチャリと、待望していた音が耳朶《じだ》を叩《たた》いた。

ふー……と長い息を吐く。

「やっとか……」

「おっ、当たりだね！　やったやったぁ！」

ぴょこんぴょこんと僕の両肩を摑《つか》み、全身で喜びを表す神騙。お陰で、上がりそうになったテンションがそこそこに落ち着かせることができた。

だいたい、まだ一室目だからな。この作業、思っていた以上に面倒だぞ……。

引き受けなければ良かった……と今更ながら、そんな思いを噛《か》みしめつつ扉を開く。

スライド式のそれは、ガラガラと音を立てながら、教室の全容を僕たちに見せつけた
——最初に視界に飛び込んできて、それからずらっと並んでいたのは本棚だった。

「書庫、か？」

「というよりは、その名残かなあ。中身はほとんど持ち出されちゃって、棚だけ残されちゃってるみたいだね」

神騙の言葉通り、書庫と呼ぶにはあまりにも、その中身が伴っていなかった。

長らく掃除されていなかったせいで、埃《ほこり》もそれなりに被《かぶ》っている。

正しく言葉通り、放置された元書庫といった様子だ。

とはいえ、全く何も残されていないという訳でもなく、棚を見ていけばいくつか放置されている本もある。

それを一つ、特に何も考えることなく手に取った。

しっかりと装丁のされたそれは、どうにもアルバムらしい。いわゆる、卒業アルバムというやつだ。

もう何年も前のものだろう――それこそ、この教室がちゃんと使われていたくらい、昔の話。

別に何百年もの時を重ねている訳ではないが、それでも十数年……あるいは数十年の時くらいは積み重ねているだろうそれは、見た目より重く感じられる。

軽く埃を払い、何とはなしに、パラパラとページをめくれば、後ろから覗《のぞ》いていたらしい神騙が、そっと指でページを押さえた。

必然、開かれたそこは、クラスの集合写真のページだった。

当たり前だが、知らない高校生男女が四十名ほど揃《そろ》って笑顔を浮かべている。

こういう集合写真、苦手なんだよな……端っこに一人追いやられた上に、笑顔まで強要されるんだぜ？

中学の時、これで普通にリテイクを喰らったのを思い出し、思わず舌打ちが出そうになった。

「ねえねえ、邑楽《おうら》くん。一つ、質問しても良い？」

「随分急だな……別に良いけど」

「やった、それじゃあ絶対答えてね？　絶対だよ？」

「その念押しは何？　怖くなってきちゃったんだけど……」

完全に答えづらい質問をする時の確認だった。一体何を聞かれるのか、今からもう早速不安である。

何だろう、前世を思い出した？　とかいう質問されちゃうのかな。

今のところ、思い出してもいなければ、その予定もないのだが……。

ゴクリと息を飲むと、コホン、とわざわざ咳払《せきばら》いをした後に、神騙は恐る恐るといった様子で言う。

「この中で、一番好みの女の子は誰？」

「思ってたより下らない質問だったな……」

「くっ、下らなくないもん！　重要なことですっ」

「重要という言葉に謝って欲しいくらいの横暴さなんだけど……」

まあ良いか、と写真を見つめる。こういうのは嫌だ嫌だと駄々をこねた分だけ、最終的に発表する時の恥ずかしさが増すものだからな。

如何《いか》にサクッとスマートに、悩むことなく決められるかが重要である。

まあ、だからと言って、それを実践できるのかと言われれば、難しいところなのだが……。

僕は結構優柔不断な性質《たち》だった。しかしまあ、今からまごまごとしていても仕方ないだろう。

一先《ひとま》ずパーッと目を通すことにしたのだが、意外なことに、特に悩むことはなかった。

一番目を惹《ひ》いた少女を指す――一瞬前までの不安は何だったのかと思うくらいの即決である
薄い金色の、長髪の少女。

美人さんではあるが、もちろん、全く見覚えは無いし、知っている芸能人に似ているということもない。

けれども何となく、この子しかないな……なんて謎かつキモい確信を持ちながら、神騙を見た。

「この子だな。特に理由はな――うわーっ⁉　なんだ神騙⁉　急に抱き着くな！」

「うぇへへへ～、やっぱりきみはきみだね。大好きだよ～～～！」

「情緒不安定かよ……」

前世電波をキャッチする上に、情緒不安定まで合わさって最強！　って感じの神騙だった。

不機嫌よりかはずっと良いのだが、それはそれとして離れてくれないかなと思った。

抱き着くって言うか、もう押し倒されちゃってるんだよね。

×　　×　　×

あれからもフラフラと、校舎内探索（神騙曰《いわ》く、放課後校内デート）を進め、あれでもないこれでもないと、鍵をガチャガチャ鳴らしたりしていたのだが、結局開けられたのは、片手で数えられる程度だった。

鍵が多すぎる以上に、僕が当たりの鍵を引く運が無さすぎることに加え、二人でいるせいか、どうにも雑談優先になってしまった結果である。

開けるたびにどんな教室だったのか、じろじろと見て回ったことも時間を食ってしまった要因だ――とはいえ、残念ながら元書庫ほど、面白みのある教室はなかったが。

ほとんどが机と椅子が積まれているだけの、ただの空き教室だった。

別段、何か特別なものがあるかと期待していた訳ではないが、こうも見慣れた教室ばかりであると、微妙な肩透かし感があるのは否《いな》めない。

もう少し何か、面白いものでもあったら良かったのにな、なんて考えながら、誰もいなくなった自分たちの教室で、《書庫》《空き教室1》《空き教室2》と記載したシールをペタペタと鍵に貼る。

ついでに、ルーズリーフに鍵の詳細をメモしてまとめておけば、高槻《たかつき》先生への報告書類は完成だ。

鍵とまとめて渡しておけば、「結局どの鍵がどこの教室のなのか分からないじゃない……」とアホを見る目で見られるのを回避できるからな。

まあ、ぶっちゃけここまでする必要は無い気もするのだが、どうせ暇を持て余している身である。

それならそれで、教師からの評価は上げといて損はない……いや、相手が高槻先生なのだから、そんなものは今更って感じではあるのだが……。

高槻先生は親しみやすい割に、公私はしっかり区別しているタイプの人間だ。それはそれ、これはこれ、で評価はしてくれるだろう……多分。

そ、そうだよね？　大丈夫だよね？　高槻先生？

僕的、感情に振り回されがちな大人ランキング№１に君臨されているせいで、イマイチ自信が無くなってくる僕だった。そんな思考を、ブンブンと頭を振って落とせば、不思議なものを見たような目を、神騙《かんがたり》が向けてくる。

「きみ、急に妙なことしだすのも、相変わらずなんだね……」

「電波をキャッチしながら非難するんじゃない、こっちの気持ちの置き所が分からなくなるだろうが」

「もー、電波じゃないって、何度言えば分かってくれるのかなあ」

「嫌なら証明してみせろ、証明を──あっ、わたしの愛が何よりの証明だよ！　とか言うのはやめろよ」

「わぁ……以心伝心だね。ふふっ、やっぱり相思相愛じゃない？」

「無敵か？」

何言っても百倍返しみたいな火力の一言が返ってくるんですけど？　ちょっと僕に勝ち目が無さすぎるだろ、もっと加減しろ。

ただでさえ、脳内を電波が飛び交ってもう大変みたいな女なのだから、せめてそのパワーの振るいどころは考えて欲しいところであった。

あんまりにもクリーンヒットし続けたら死んじゃうからね、僕が。マジで好きになっちゃうから。そんなことになったら終わりだぞ。

いや、冗談抜きで、本当に嫌だ……好きになりたくない。こんな、如何にも裏がありそうな事態に、良いように転がされたくはない……。

僕はまだ、めちゃくちゃ手の込んだドッキリに近い何かである可能性を捨てきれてないんだよ。

というか、仮に本気で好かれているのだとしても、それはそれで理由が現実的では無さすぎて、シンプルに怖すぎだった。

だから、せめて証拠が欲しい。主観的なものではなく、客観的な証拠が。

それさえあれば、まあ……電波だというのは、訂正してあげなくもないところである。

「でも、うぅん、証明――証拠かあ。そうだよね、邑楽くんはそういう人だもんねぇ」

「何を以《もっ》て、そういう人だって言ってるのかは知らないが、まあ、そうだな」

「面倒くさい人だなあ」

「失礼なことを満面の笑みで言うんじゃないよ……」

どう咎《とが》めれば良いのか分かんなくなっちゃっただろ。何ならあんまりにも眩《まぶ》しい笑顔なせいで、うっかり僕の方が浄化されてしまいかねなかった。

世が世なら、巫女《みこ》やらなんやらに祭り上げられてんじゃないの？　みたいな一面がある神騙である。

どうあっても勝てる気がしないな……と嘆息をする。同時に、教室の扉がガラガラッと勢いよく開かれた。

「いーつまで残ってんの。そろそろ帰りなさ――あら、アンタたち」

「あっ、高槻先生」

「げっ、高槻先生」

「凪宇良《なぎうら》……アンタね、アタシと出くわすたびにその顔するのやめなさいよ……」

その点、神騙は最高ね。馬鹿が並んでるお陰で、普通の対応が神対応に思えてくるわ。

なんて言ったのは妙齢の女性教師、高槻先生である。

少し前に職員室で会った時から、更に疲労が増したような顔になっているあたり、バリバリとお仕事に従事していたのが分かる。

お疲れ様です、と思わず拝みそうになってしまい、頭を軽くはたかれた。

それからまとめ終わったルーズリーフと、鍵束を手に取る。

「あら、随分と至れり尽くせりじゃない？　凪宇良って本当、何でもかんでもグチグチうるさいくせに、何だかんだしっかり丁寧にやるわよね」

「っ！　そうなんですよ、分かりますか⁉　高槻先生！　そういうところが愛《いと》おしいんですよねっ」

「声がでっけぇな」

「凪宇良……アンタ、神騙に何したの？　怒らないから言ってみなさい」

「しかも僕のせいにされている！」

知らねーよ！　何で神騙がこうなってるかなんて、僕が一番聞きてぇんだよ……！　と訴えれば、難しい顔をした後に、

『え？　いやこれマジ？　マジなの？　冗談とかじゃないのよね？』

というアイコンタクトを送ってきたので、

『昨晩も言った通り、残念ながらマジっぽいですよ。今のところは』

と返せば、「ふむ」と顎に手を当てた。

『……中高生男子にありがちな、ちょっと可愛《かわい》い勘違いじゃなくって……？』

『嫌ですね、先生。今更僕が、そんな勘違いをするとでも？　嘗《な》めてもらっちゃ困りますよ』

『うん、まあ、そうよね。アンタはもう死ぬほどしてきたわよね』

『それはそうなんですけど、素直に認められると何か心がキュッてなるからやめませんか？』

いや本当、心がキュッとなって恥ずかしいやら、切ないやらの感情を想起させられるので、そういうことを言うのはやめて欲しかった。

さっさと「あの頃は僕も若かったな……」と思いたいタイプの過去なんだよ、それは。

クッ……と俯《うつむ》けば、高槻先生が何かを察したように、神騙を見た。

「神騙、こいつは苦労するわよ、絶対に。アタシの勘が断言しているわ」

「ええ、分かってます。でも、その上で邑楽《おうら》くんなんです」

「大丈夫？　ヒモ適性マックスよ、こいつ」

「そうなったら……養ってみせます！」

グッと拳を握り、覚悟を決めたように答える神騙だった。その力強い言葉に高槻先生はフッと笑って、よしよしと神騙の頭を撫《な》でる。

　そこにある感情は慈愛である。何でだよ。

「困ったらいつでも相談なさい。いつでも力になってあげるわ」

「先生……！」

「いやあの、あのあのあのあの、ちょっと失礼すぎるでしょう？　完全に僕の悪口大会だったんですけど、今の」

「いやね、本当に悪口だったら、こんなもんじゃ済んでないわよ」

「ひぇ……」

　シンプルに怯《おび》えて悲鳴が出てしまった。今のが悪口未満って……。

　性格のえげつなさの証明じゃん、と思った。女子ってこえー……いや、高槻先生を女子と言って良いのかは微妙なところであるが。

　これ本人に言ったら、キレる通り越して泣かれそうだな。

「……アンタ、今失礼なこと考えなかった？」

「きっ、ききき、気のせいじゃないですきゃ⁉」

「それもう自白してるも同然なんだけど……ま、良いわ。ありがとね、ご苦労様。アンタにしては、珍しく早速取り掛かってるじゃない？　殊勝なことね、その調子で頼むわよ」

「いやそこは別に、僕の殊勝さは関係ないんですけどね」

一〇〇%どころか、二〇〇〇%くらいは神騙の殊勝さによるものである。

夏休みの宿題とか、夏休みが始まる前に終わらせてそうなタイプだよな、神騙って。

「そんなこと言って、邑楽くんだって結局すぐに手を付けちゃうタイプじゃない？　早いか遅いかって言っても、ほんのちょっとしか変わらないと思うけどなあ」

「お前はちょっと僕について詳しすぎるな」

「えへへ、何て言ったって、わたしはきみのお嫁さんですからね」

「お前それ言っておけば何でも良いと思ってない？」

しかし、とてもではないが、先日知り合ったばかりとは思えない詳しさである。

ヤダ、ストーカー？　ちょっと本気でありそうなラインなので、冗談でも口にしづらかった。

電波少女なのか、ガチストーカーなのかの二択な同級生、本当になんなんだ……。

「アンタらね、アタシの前でイチャつくくらいなら、今日はもう帰りなさいよね……ほら、見なさい。アタシが落ち込んできちゃったじゃないの」

「それはどういう角度の物言いなんですかね……」

大体、高槻先生だって帰ったらヒモの彼氏がいるでしょうが……と思ったが、まあこの感じだと、今はちょっと上手《うま》くいっていない時期なのだろう。

よくあることである。これぼっかりは仕方のないことだ——ダメ男好きな高槻《たかつき》先生が悪い。

「あのね、凪宇良。急にアタシに哀れみの目線を送ってくるのはやめてくれないかしら⁉ 何かちょっと、色々考えちゃうでしょうが！」

「生徒に哀れみを感じさせる先生の方が悪いんでしょうが……！」

というか、普通に心配になっちゃうから。何せ、本気で落ち込まれたら、学校で慰めるのは僕の仕事になる訳である。

既に一度経験している身としては、二度目は勘弁してくれと願うしかなかった。

そんな僕の心境を、語らずとも理解したらしい高槻先生が、「ぐぬっ」といった様子で数瞬黙ったが、次いで大きくため息を吐《つ》いた。

「とにかく、そろそろ下校時刻にもなる訳だし、続きはまた今度になさい。分かったわね？」

ほらほら、アタシはまだ仕事が残ってんのよ。と僕らを蹴り出すように、帰りを急《せ》かす高槻先生だった。

それから少し遅れて、下校を促すようにチャイムが鳴り響く。

まるで学校が高槻先生に同調したみたいで、思わず従ってしまった。

「それじゃ、また明日。先生」

「高槻先生、さようなら」

「はいはい、また明日。気を付けて帰んのよ」

凪宇良邑楽の特別な過去

小さく手を振る高槻先生に、こちらもまた振り返しながら教室を出ると、閑散とした廊下がついと視界に広がった。

流石《さすが》に最終下校時刻なだけあって、校内を回っていた時よりも人の気配を感じることはない。

吹奏楽部のメロディーは聞こえてこないし、野球部の声は……いや聞こえてくるな。

どうやら我が校の野球部には、下校時刻とかは関係ないらしい――という、新たな知見を得つつも、昇降口に辿《たど》り着く。

神騙《かんがたり》と二人揃《そろ》って靴を履き替え、外に出れば春らしい穏やかな風が頬を撫でる。

「今日は帰りたくないな……」

駐輪場に向かってぼんやりと歩き始めながら、不意に終電を前に、勇気を出した彼女みたいなことを言ってしまった。

すぐさま我に返って訂正しようとしたのだが、それより先に、キラキラとお目目を輝かせた神騙が、僕を覗《のぞ》き込むように見てくる。

「ふふっ、それじゃあ、これからどうしよっか？」

「ついてくるのは決定事項なのな……」

「そこはほら、わたしはきみのお嫁さんだしっ」

「へいへい……つっても、今日は昨日よりだいぶ遅くまで残るつもりだけど、本当に良いのか？」

この後、何か予定がある……という訳ではもちろん無い。基本的に僕のスケジュールはまっさらで、書き込む余地がありすぎるくらいだ。

だから、これは気分の問題でしかない――今日は早めの帰宅無理ですのスイッチが入ってしまった瞬間とも言う。

感覚的な話でしかないが、ここ一年の経験上、素直に従っておくのが吉であることを、僕はよく理解していた。

下手をすれば、口に含んだ瞬間、その場で戻してしまいかねない。

そんなことになってしまえば、関係を改善することはおろか、維持することすら未来永《えい》劫《ごう》、不可能になってしまうだろう。

現状ですら、家にほとんど寄り付いていないというのに何を、とは思うかもしれないが、だからと言って別に、険悪な関係になっても良いだなんてことは、僕は欠片《かけら》も考えていないのだ。

誰だってそうだろう。仲が悪いよりは良い方が好ましいに決まっている。捻《ひね》くれていると言われがちな僕でも、そのくらいは同意するところだ。

だけど、それだけだ。分かっているから出来るのならば、とっくにそうしていたことだろう。

出来ないから……出来なかったから、今がある。それはきっと、今の僕にはどうしようもないことだった。

そういう訳で、今日はファミレスで粘ろうかと思っていたのだが……。

神騙と二人で、夜遅くまでファミレスで時間を潰すのって、どうなんだ？

ただでさえ、学校内ですらナンパされるという、奇跡的な光景を生み出した神騙のことである。

日本は治安が良いとは言え、人畜無害な人間しかいないという訳ではない。

夜が深まれば深まるほど、訳の分からん人は湧いてくるものだし、ただでさえ人目を惹《ひ》く神騙は、そういう輩《やから》からすれば格好の的だろう。

もし神騙がまた絡まれた時、僕では盾になることすら難しいのでは……と思わざるを得なかった。

仮にリスクを避けるのならば、それこそ今すぐ帰らせるか、あるいは別の場所を検討するかなのだが……。

ご存じの通り、選択肢を全く持ち得ていない僕である。

ど、どうしよっかなぁ～……。

「わたしは大丈夫だよ。きみのいるところに、わたしありなんだから」

「強者っぽい発言が出てきたな……」

「そして、行く場所に困っている邑楽《おうら》くんに、わたしから一つ提案があります」

「むっ」

一目で困っていることを見抜いた神騙に、言葉にならない戦慄を覚えるが、グッと飲み込み続きを促した。

毎度毎度突っ込んでいたら、僕の身がもたないというものである。

「ね、邑楽くんは映画ってよく見る？」

「いや、あんまりだな――っていうか、映画館に足を運ぶこと自体、あんまり無いって言った方が正しいか。家でなら、偶《たま》に見はしたけれど」

それこそ、父さんが映画好きだったので、幼い頃はよく付き合っていた方だし、家にもディスクがあったから、暇な時に一人で見ていたことはあった。

今はどうかと言われれば、僕の家への寄り付かなさを見れば、語らずとも分かることだろう。

部屋にテレビがあれば、また違ったかもしれないが、残念ながら今の家のテレビは、居間にある一つだけだ。

そこを占拠して、一人映画を垂れ流しにする程、僕に度胸は無いし、社交性も無かった。

「ふぅん……？」

「何その『あれ？　おかしいな……きみは結構、映画好きなはずなんだけど……』みたいな目は……」

「ふふ、邑楽くんもやっと、わたしの気持ちを一目で分かるようになってきたみたいだね？」

「い、いらないスキルすぎる……」

だから以心伝心説を有力にしなくて良いんだって。

だいたい、冗談のつもりだったにも拘《かか》わらず、そうさせなかった神騙が、パワープレイヤーすぎるというだけの話だった。

こんなの言ったもん勝ちだろうが……！

これ以上この会話を続けていたら、自動的に僕の敗北が見えてきてしまうので、すかさず話題のレールを敷き直す。

「まあ、それで。結局何が言いたかったんだ？　映画を見に行こうってのは良いけれど、流石にちょっと遠すぎないか？」

この街には映画館がない。つまり、電車に揺られるなりして、移動しなければならないということになる。

加えて、最近は映画一本見るのにも、それなりにお金がかかる——高校生には、というか僕にはちょっとだけ厳しい。

行けなくもないが、出来れば他の案を出していただけないでしょうか……と、下手に出るしかなかった。

「ナチュラルに下手に出ようとしてるけど、それは良いんだ……？」

「自分で案の一つも出してないのに、他人の案にケチつける人間はカスだからな」

「思考が過激すぎるよ……!?　嫌なことは嫌って言って良いんだからね!?」

ただでさえきみは、他の人の為《ため》なら自分を蔑《ないがし》ろにしがちなんだから……と真面目な説教風に、電波を受信する神騙だった。

う～ん、なんて見事な通常運転。

僕じゃなかったら、思わず胸を打たれていたところだぜ。

「だけど、きみの懸念《けねん》点は多分、全部心配しなくても良いよ。わたし、良いところ知ってるんだ」

「それはそれで不安になってきたんだけど……大丈夫？　それ本当に映画館？　違法な動画サイトだったりしない？」

「きみはわたしを何だと思ってるのかなぁ……!?」

何だと思っているのかと言えば、そりゃ当然ながら色々あるのだけれども、今どのように見えているのかと言えば、僕を言葉巧みに自分の家に連れ込もうと画策している妖怪、ってところかな。

油断してついて行ったら最後、明日から行方不明になりそうなもんである。

「まったく、失礼しちゃうなあ……。この街、古い映画館があるんだよ。大きくはないし、最新の映画もやってないけど、代わりに安く見れるんだ」

「へぇ、そりゃ初耳だな。ミニシアターってやつか、流石に詳しいな」

昨日も、小さな図書館があるとかいう話をしていたし、本当に知り尽くしているんだろうなと思う。

地元であっても、意外と隅々まで知っているという人は、そう多くはない。

でも、まあ、散歩が趣味とかいうやつだからな……。

街のことを、人よりよく知っているというのにも、納得は出来るというものだ。

「だけど、そういうところって、多分だけれども、個人経営だろう？　古いって言うんなら、オーナーさんも歳《とし》だろうし、平日のこんな時間にやってるのか？」

「わぉ、邑楽くんも意外と詳しいね？」

「まあ、何回か連れて行ってもらったことはあるからな」

無論、父親にである——我が父は、そういうタイプの映画好きだった。

まあ、単純に、そこの映画館の経営者が、父の友人であったというのが大きいのだろうが。

「でもね、大丈夫だよ。わたしの身内……みたいなものだから」

「みたいなものって何だよ」

怖すぎるぼかし方だった。

血の繋《つな》がってない、年の離れた兄ちゃんとかだったりするのだろうか。

あるいは、絶縁を言い渡された従姉妹《いとこ》の可能性もある。

仮にそういう類の関係だとしたら、あまりにも複雑な家庭環境が目に見えてしまうので、なるべく触れたくはなかった。

拗《こじ》れた家庭環境は自分のところだけで腹いっぱいである。

「警戒しすぎだよ……わたしは邑楽くんと違って、ちゃんとした常識人なんだから。安心して、全部委ねて良いんだよ?」

「サラッと僕を異常者扱いするな! どっちかって言うまでもなく、神騙《かんがたり》の方がぶっ飛んでるんだよ! 委ねてたまるか!」

「しかし、そう思ってるのは邑楽くんだけなのでしたとさ、ちゃんちゃん」

「モノローグ風に〆て、僕が不利なまま終わらせようとするのはやめろーッ!」

ジタバタと抵抗を試みるも、「ほらほら、行くよー」とのんびり宣《のたま》う神騙に、駐輪場まで連れられて行く。

昨日、初めて後ろに乗ったばかりだというのに、既にそこは定位置だとでも言わんばかりに、準備する神騙であった。

その美しい、はしばみ色の瞳は僕に「早くして!」と訴えかけてるようだった。

その姿に一瞬だけ見惚《みと》れてしまい、それから「はぁ」と小さく息を吐く。

一度も承諾した覚えがないのに、行き先が決定されている……。

こんなことが許されて良いのかよと思ったが、今更すぎるというものである。

人生、何事も諦めが肝心だ。

気に入っている一言を脳内でリフレインさせてから、よっこらせとサドルに腰を掛ける。

「一応言っとくが、ちゃんと摑《つか》まってろよ。あと、転んでも文句は受け付けないからな」

「分かってる分かってるっ」

本当に分かっているんだか分からない即答に、軽く不安になりながらも、ペダルを踏み込んだ。

考えてもみれば、学校の駐輪場からいきなり二人乗りをスタートさせるのは、色んな意味で危うい気がするのだが、後の祭りである。

教師や他の生徒に見られませんように……と祈りながら校門から出れば、胴に回された手の力が、僅かに強まった。

自分で摑まっていろと言った手前、文句は言えないし、言う気も無いのだが……。

言わなければ良かったなとちょっと後悔した。ピュアボーイを嘗《な》めるなよ。

鼓動が速くなりつつある事実から必死に目を背ける僕に気付いているのか、あるいは気付いていないのかは分からないけれど、しっかりと僕に摑まったままの神騙の指示に従って、グネグネと複雑な道を駆け抜けていく。

ようやく春が来て、日が長くなってきたといっても、十七時を超えれば辺りはもう、明るいとは言い難《がた》い。

完全に真っ暗という訳ではないが、夕方から夜を感じる頃合いだ。

だというのに目的地に着く様子はないし、何なら段々と、人気《ひとけ》が無い所に誘導されてる気さえする僕だった。

あれ？　これ僕、もしかして殺されるやつなんじゃないか？　と内心ドキドキし始めた僕の気持ちとは裏腹に神騙が、

「あ、そこそこ。止まって、邑楽くん」

と言うのだった。ゆるりとブレーキをかけて減速し、少しだけ進んだところで停止する。

自転車を端に停《と》めて、軽く辺りを見渡してみたが、映画館らしき建物は一つも立っていなかった。

え？　いやマジで無い。

普通に住宅街って感じなんですけど……強《し》いて言うのであれば、古いマンションが立っているくらいなものである。

まさか、いくら前世電波を頻繁にキャッチする、頭のおかしい女こと、神騙と言えど、立ち並ぶ普通の家々を映画館と呼ぶことはあるまい。

……いや、あるいはアレか？

先程も身内みたいなものとか言っていたし、単純に映画好きの友人の家を、映画館とか呼んでるってことか？

それはミニシアターとは言わねぇよ！　と絶叫しそうになる僕だった。

「神騙！　ぼ、僕を騙《だま》したな……!?」

「あははっ、絶対言うと思った。でも嘘《うそ》つきじゃないよ、ちゃーんと映画館……みたいなのがあるから」

「今〝みたいなの〟って言った？」

「さー、行くよ、邑楽《おうら》くん！」

「ちょっと？　質問への答えは？　ねぇ、神騙さん？」

るんるるん、とご機嫌を全身で表しながら、僕の手をキュッと握ってスキップ気味に進む神騙だった。

こ、こいつ、力業で強引に乗り切ろうとしてやがる……！

こんな横暴を許してはならないぞ！　と己を奮い立たせたところで、不意に神騙が立ち止まった。勢い余って、少しだけぶつかってしまう。

「わわっ。もうっ、ダメだよ？　邑楽くん。いきなり人に抱き着くなんて、マナー違反なんだから」

「ちょっとその言葉を胸に落として、これまでの自分の行動を振り返ってみてくれないか？」

「ささて、そんなことより、ようやく映画館に到着しましたよっ」

「さて置くんじゃない、話を進めようとするな！　おい……あの、ちょっと？」

更に文句を重ねようとしたが、ぴっとりと唇に指をあてられ、軽く黙らせられる僕だった。神騙が「静かに、ね？」とでも言うように、『しー』と人差し指を立てる。

何故《なぜ》だか素直に従い文句を呑《の》み込んでしまったのだが、冷静に考えたら意味分かんねぇな、これ。

僕は悪くないというか、神騙が僕を黙らせるのが上手《うま》すぎだった。どこで何を学んで来たら、こんな効率よく人を静かにさせられるんだよ。

これが人としての格の違いなのだろうか……と真剣に検討し始めたかったが、それより先に、神騙が、「気を付けてついてきてね」と言って、当たり前みたいに、眼前のマンションへと足を向けた。

は？　と思ったが、置いて行かれる訳にもいかない。素直に追いかければ、不意に神騙は姿を消した――いや、そうじゃない。階段だこれ！

よく半地下マンションというのがあるが、ここは正しくそれらしい。暗さも相まって気付かなかった。

なるほどな……と納得しつつも、改めて下っていく神騙の背中を見る。

いや、こえーな。絶対に下りたくない……。

このまま神騙を放置して、逃げ出しても良いんじゃないかとも思ったが、流石《さすが》にそこまでしたら薄情というものだろう。

仕方がないか、と覚悟を決めて足を踏み込んだ。

幸い、段数はそこまで多くなかったようで、先に下り切っていた神騙とはすぐに合流できた。

「あはは、ごめんね。手繋いだままにしておけば良かったね」

「いや、良い。結構だ、手なんか繋いでたらいざとなった時困るだろ」

「どういいざを警戒してるのよ、きみは……」

暗闇の中でも分かる、呆《あき》れ切った声を出した神騙が「まあ、それもきみらしいけどね」と言った後に、扉へと手をかけた。

何か普通に、どこにでもある感じのマンションの一室。その扉を開く。

そうすれば、やはり想像通りの玄関口が広がった訳だが、妙な点があった。

いや、妙な点って言うか……。

私服の女性が立っていた。佇《たたず》まいから、少なくとも高校生じゃなさそうだなと思う。

「ん、上映は十八時からだけど、もう入る？」

「ええ、お願いします」

「そう。じゃあ二人分で一八〇〇円ね」

「マジか」

　破格の安さに思わず声を出してしまったのだが、意外にもバイト（多分）のお姉さんは「ビビるよね、私もたまに経営心配になるもん」とにこやかに通してくれた。

　チケットすらないのは、流石に新鮮だなと思う。

「席は早い者勝ちだから、自由に座って。まあ、満席になることもそうないけどね」

　そう言うお姉さんに通されたのは、やはりマンションの一室であったが、同時に映画館でもあった——何と言うか、ありのままに説明すると、一室がそのまま映画館なのである。

　いや、いいや。明らかに一室と呼んで良い広さではないので、二部屋、あるいは三部屋はぶち抜いて作ったであろう、デカい空間が用意されており、その一面にスクリーンが張られているのだ。

　その前には、数こそ多くはないものの、しっかりとシートが並べられている。

　なるほど、これは確かに映画館と呼ぶほかないだろう。

　まるで信じていなかったというか、これもう映画館という名の、ホラゲーにありそうな謎の廃墟《はいきょ》にでも連れていかれてんじゃねぇの、とかなりブルっていたせいで、あまりの温度差にパチパチと瞬《まばた》きをしてしまう。

そんな僕の手を、少しばかり意地の悪い笑みを浮かべた神騙が、キュッと握ってくる。

「ね？　言ったでしょ、ちゃんと映画館だって」

「いやホント、ちゃんとした映画館すぎてビビってる。でも何でマンションを使ってるんだよ……」

「まあ、市民の有志で出来た映画館だからねぇ」

今はそういう訳じゃないけど、成り立ちとしてはね。とやけに詳しい説明をしてくれながら、僕の手を引く神騙。

淀《よど》みのない足取りは、ここの常連さんであることを示しているようだった。

特等席とも言えるような、一番前の、中央の席に並んで座る。神騙曰《いわ》く、こういう小さな映画館では、一番前が一番良いとのことである。

チラホラと僕らの他にも利用者はいるようだったが、学生は僕らだけのようだった。

まあ、場所が場所だし、時間も時間だからだろう。

とはいえ、他に誰が、どれだけいるから何という話でもないのだが——映画館でするとなんて、それこそ映画を見ることだけだ。

静かに鑑賞してくれるのならば、特に言うことはない。

「ていうか、あんまりにも自然に通されたから聞き忘れてたんだけど、見る映画とか指定してなくないか？」

「あ、えっとねぇ、ここはスクリーンが一つしかないんだ。だから、どの映画を見よっかなって悩むことがないんだ」

「あー、なるほど。それで最新のフィルムを回す訳でもないから、値段もお手頃ってことか……」

「そうそう。因《ちな》みにこれから見るのはホラー……」

「ふぅん、なるほどな。突然用事を思い出したから帰っていいか⁉」

「じゃなくて、恋愛映画だけど、大丈夫？」

「……お前ね、そういう引っ掛けをするのは本当に良くないと思いますよ？　お兄さんは」

「もう、お兄さんじゃなくって、旦那さんでしょ？　邑楽くん」

「さも当たり前のように人を旦那にするのはやめようか、斜め上をぶち抜いた外堀の埋め方をするんじゃないよ」

僕をイジメるのもほどほどにして欲しかった。いや本当、切実に。

あんまりにもデカい声を出してしまったせいで、周りのお客さんにも睨《にら》まれている……

と思ったが、話が丸聞こえだったのか、クスクス笑われており、肩身が狭い思いである。

顔に血が上ってくるのが分かって、思わず片手で隠すと、実に楽しそうに笑う神騙《かんがたり》だった。

こいつ、性格が悪すぎる……。

この辱《はずかし》めの借りは必ず返させてもらうぞ……！　と思っていれば、

「それより、はい、これ」

鞄《かばん》から取り出したお茶を手渡される。

冷たいし、未開封だ。いつの間にやら買っていたらしい。

お姉さんに支払いする時、財布を出すのに少しまごついたから、その時だろうか？

「喉、渇いてるでしょ？」

「助かるけど、何で分かるんだよ」

「長い付き合いですから」

「まだ会って、二日目なんですけど……!?」

時間感覚バグってんのかな？　みたいなことを言う神騙。あまりにも平常運転すぎて、どこもおかしくないなと頷《うなず》いてしまうところだった。

前世電波のキャッチの仕方が巧みすぎるだろ。

実際、ほとんど初対面であるにも拘《かか》わらず、ここまで波長が合う相手というのは、僕からしてみれば珍しいものであり、そういう点も含めて段々と、神騙の言うことを否定しきれなくなってきた僕がいるのが超嫌だった。

何が嫌って、神騙の語る荒唐無稽な前世なんて話を、真面目に受け入れるための要素を、無意識的に探してしまっているという点である。

信じないのなら信じない、信じるのなら信じる。他人の言うことに対して出来ることは、いつだってその二択だけなのだから、せめてどちらかだけを選んでいたかった。

曖昧な状態で誤魔化していると、何でも中途半端《ちゅうとはんぱ》になってしまう気がするから。

ただでさえ、中途半端にしていることが多すぎて、全身中途半端人間みたいになっているのである。

せめて神騙に対してくらいは、毅然《きぜん》としたスタンスで向き合いたかった。

「わたしにとっては、二日＋αだからね。何でもお見通しだよ」

「ふぅん……それじゃあ、僕が映画館に来たら、必ず頼む飲み物も分かるんだな？」

「メロンソーダでしょ。きみってば本当、子供舌なんだから」

「……やるな。凪宇良邑《なぎうら》楽検定三級をやろう」

「残念、もう一級まで取得済みなんだなぁ、これが」

マナーを気にしてか、スマホの電源を切りながら、ニコニコと言う神騙であった。

僕よりも、僕のことを把握しているとでも言いたげな表情である。

ふん……仕方がない。この場は負けを認めてやろう……と潔《いさぎよ》く引き下がり、代わりに僕もスマホを取り出した。

神騙に倣《なら》って、電源を切るため——でもあるが、その前にするべきことがあったからである。

個人的には、誰かと一緒の時間を過ごしている時に、スマホ等を触るのはあまり好みではないのだが、まだ沙苗《さなえ》さんに連絡していなかっただけなので、許して欲しい。

メッセージアプリを開き、「すいません、今日は夕飯食べてから帰ります。遅くなるとは思いますが、帰りはするので気にしないでください」という、いつも通りの定型文をトントンと打つ。

改めてログを見返してみても、事務的な会話しかしてないな……と、何となく申し訳なさを覚えるが、どうしようもないのでそのまま閉じて、電源を落とす。

「よしよし、良い子良い子。きみは頑張ってるよ」

「なっ、おい、急に頭を撫《な》でるな！　僕は子供か！」

「だって今の邑楽《おうら》くん、とっても幼い、迷子の子供みたいだったんだもん」

「何だそりゃ……迷子、ね」

神騙の軽口に、しかし思わず考えてしまう。

迷っているというのは、あながち間違った比喩でもないのかもしれない。

目的もなく、ゴールに寄り付かないでフラフラとしているというのは、確かに見ように
よっては、迷子みたいなものだろう。

それでも高槻《たかつき》先生は、それを良しとしてくれているが、ずっとずっと、いつまでもこう
している訳にはいかないのも、また事実だろう。

いつかはゴールに辿《たど》り着くべき時が来る。

その時、僕はあの家に馴染《なじ》んでいるのだろうか。あるいは、完全に決別しているのだろ
うか。

極端ではあるが、きっとその二択のどちらかだと思う。

そして今のところ、イマイチどちらの未来も見えないのが、正直なところであった。

「思い詰めてる時のきみの顔、久し振りに見たなぁ。大丈夫？　何でも話してくれて良い
んだよ？」

「そりゃ流石に悪い――つーか、話したところで、解決するようなことでもないからな」

「分かってないなあ、邑楽くんは。人に話すだけで、楽になることってあるんだよ。ただ

でさえ、きみは何でもかんでも、抱えすぎちゃう人なんだから」

「良いんだよ、何でも抱えられるだけ抱えた方が、大切に出来る気がするだろう？」

「……またきみはそうやって。良くないと思うなっ、そういうのっ」

「前世電波を受信しながら怒るのはやめろ、申し訳なさが微妙に生まれないだろうが」

いや、別に申し訳なさを感じたい訳ではないのだが……。どういう顔で聞けば良いか分かんないんだよね。

やれやれ、と肩を竦《すく》めながら、手渡してくれたお茶を一口含む。

変に緊張していたのか、やけに渇いた喉を、冷たいお茶がするりと潤してくれた。

「ま、気遣いありがとな。でも、大丈夫だ。どうせ家の問題だし、もっと言えば、僕個人の問題だから。それに、あんまり安易に楽にはなりたくないから」

「……そっか。それじゃあ、わたしの役目は一つしかないね」

「一つ？」

何言ってんだ、一つもないって言ってるのが伝わらないのか？　という僕の視線は見事にスルーされるのだった。

ひじ掛けに乗せていた手を、指を絡めるように握られる。

「……？　おい、何してるんだ。さっさと離せ」

「だーめっ。だって、きみのお嫁さんであるわたしに出来ることは、こうやってきみにはちゃんと味方がいるんだよって、教えてあげることなんだから。このくらいはさせてくれないとっ」

「いや、余計なお世話なんだが……」

妙にドキドキするし、手汗とかかいてないよね？　とか気にしちゃうし、後ろのお客さんからは明らかに生暖かい目で見られているし、一刻も早く離して欲しいのだが、神騙にそうする様子は全く見て取れない。

はぁ……と深めのため息を一つ。

こうなったらさっさと上映してくれるのを、黙って待つしかないか、と心を無にし始めれば、室内の電気がフッと消えた。

上映の合図だ。助かったと、素直に思う。

心を無にするって言ったたって、いつまでも意識しないでいることが出来るほど、僕は経験豊富じゃない。

「始まるね」

「だな、見終わったら感想戦でもするか」

「！　うんっ、久し振りだね」

「いや初めてなんだけど……ナチュラルに過去を捏造《ねつぞう》……じゃない！　流れるような前世電波のキャッチはやめろ」

「えへへ……楽しみだなあ」

もちろん僕の小言が気にかけられることはなく、神騙がキュッとひと際強く手を握ると、スクリーンに光が当たり、ちょっとした宣伝が流れ始める。

思わずため息を吐《つ》きそうになったが、僕も今回ばかりは、気持ちが分からなくもないので、苦笑することしかできなかった――いや違う！　別に僕まで前世電波をキャッチしている訳ではない！　ただ、感想戦が楽しみだと、素直にそう思ったのである。

映画鑑賞然《しか》り、読書然り、僕はそれなりに鑑賞している方である自負があるが、しかし、誰かと感想を共有したことはあまりなかった。

実はちょっと憧れてたんだよな。

創作物は、ただ楽しみ、糧《かて》にするのも良いが、誰かと語り合うのもまた醍醐味《だいごみ》の一つである。

同じ物語だとしても、人それぞれの捉え方があり、見え方がある。

そういう、自分とは全く違う視点から見た感想を聞けるのは、きっと楽しいだろう。

ワクワクと膨れ上がってきた期待を押し込めて、背もたれに背を預けて、一呼吸入れる。

何だか、懐《なつ》かしい気分だ——本当に、映画館に来たのは数年振りだから。

仮に、神騙と出会うことがなかったら、やはりしばらくは映画館に足を運ぶことはなかっただろう。

そう思えば、これも貴重な体験のように思えてくる……そんな風に頭を回していれば、ようやく映画は始まった——のだが、思わず「げっ」といううめき声が、小さく漏れた。

新作は流さないという話だったので、多少身構えてはいたのだが、しかし、まさかどんぴしゃりとはな、としっかりしかめっ面になってしまう。

それは、確かに僕が生まれる前の映画ではあったが、白黒の時代のものではなかったし、有名なタイトルですらあった。

といっても、超人気タイトルという訳でもないのだが。まあ、僕らの親世代であれば、だいたいの人は知っているだろう……知ってるよね？　という塩梅《あんばい》だろうか。

ヒロインである女の子が記憶喪失になって、付き合っていた男の子ともう一度関係を育み直す——というのが、大まかな流れだったか。

それこそ、今の家に来る前の話になるが、金曜ロードショーなんかでも一度は見たはずだ。

まあ、だからと言って、細部まで覚えているのかと言われれば、もちろんそんなことはないのだが……どころか、正直なことを言ってしまえば、ほとんど記憶にはない。精々、あらすじを把握している程度なものだ。

しかし、そうであればなおさら、どうしてうめき声なんて上げたのかと思われるのかもしれないが、そこに関しては一つだけ、明確な答えを持ち得ている。

苦手なのだ。単純に。

ジャンルを選《え》り好みするほど、映画にこだわりがある人間ではないのだが、どうにもこの映画だけは、ハッキリと苦手であると、そう言い切れてしまう——というのも、僕はこの映画を初めて見た時から、妙なデジャヴを感じてしまって、一度も集中して見ることが出来ていないからだった。

これまで通算、片手でギリギリ数えられるくらいは見ただろう——けれども、それだけ見たにも拘わらず、内容が頭に入ってきていない。

というのも、我が事ながら、全く以《もっ》て不思議なことに、見入っていられない——何と言うか、どうしても何か、別の物をきょろきょろと探してしまうのである。

それも、探すというのはスクリーン内ではなく、スクリーン外という意味合いになってくる……端的に言ってしまうと、露骨に周りに視線を飛ばしてしまうのだった。

条件反射のように思考を挟むことなく、誰かを——あるいは何かを、探してしまう上に、当然見つかりはしないのだから、気が散って仕方がない。

だからまあ、今も有り体《てい》に言って、酷《ひど》く落ち着かなかった。

あまりにもソワソワとしてしまって、自分自身に苛立《いらだ》ってくるまである——自分一人ならまだ良いが、そういう訳でもないのだし。

これ、何とかならないもんかなあ……と、どうしても落ち着かない自分を律していると、不意に神騙《かんがたり》が目に入った。

隣に腰かけている神騙は、僕とは正反対にスクリーンに釘付《くぎづ》けである。

羨ましいと、素直にそう思った。僕だって出来ることならば、同じように楽しみたい。折角お金も払っているのだから……そう思いながらも、何となく、神騙から目を離せない自分がいることに気が付いた。

と言うよりも、神騙を見てさえいれば、落ち着くと言うべきか——奇妙にも、どこか懐かしい感覚に頭が浸る。

……まあ、こいつ、中身はさて置いて、本当に美人ではあるからな。

わざわざ理由を語らずとも、無条件に見惚《みと》れてしまってもおかしなことではないだろう。

整った容姿に、シミ一つない白い肌。

美しい亜麻色の長髪に、はしばみ色の瞳。

真剣な表情でスクリーンを見つめる神騙は、頭がぶっ飛んでいる電波な少女には全く見えなかった。

むしろ深い知性を感じるほどで、実に理知的な美少女といった様子である。

それこそ、この瞬間を切り取ってしまえば、それだけで立派な絵になると思えるほどに。

そのくらい、神騙かがりという少女は、多くの意味で整っていた。

話が進むにつれて、喜怒哀楽の感情を豊かに見せる姿には、思わず見惚れてしまいかねないほどだ。

これで前世が云々《うんぬん》だとか言い始めなければ、絵に描いたようなパーフェクト美少女なんだけどな。

天は神騙に何物も与えたが、その分だけ頭からネジを取り外してしまったらしい。

なんてことをしてくれたんだ……返して！　神騙に一本でも良いからネジを返してあげて！　なんてことを思っていれば、不意に目が合った。

神騙は少しだけ驚いたように目を丸くして、それからふわりと笑う。

人差し指を口元に当てて、「わたしじゃなくて、映画に集中しないとめっ、だよ？」と小さく伝えられる。

別に神騙に集中していた訳じゃねぇよ！　とは流石《さすが》に口には出せず、大人しく従うように、スクリーンへと目を移したが、すぐ視線を戻してしまった。

図星も良いところである——しかしまあ、そうは言っても、映画を見ようとして無駄に気を散らせるか、神騙を見つめることで大人しくしておくかの二択だと思えば、後者しか選ぶ余地はないだろう。

少しばかり無理がある気はしたが、強引にそういう理論武装を押し通すことで、自分自身を納得させようと四苦八苦している内に、映画は終わってしまったようで、幕が下りる。

天井のライトがパチパチと点《つ》き、室内が明るく照らされた。

入場時に案内してくれたお姉さんの呼びかけに応じて、三々五々に劇場を出る。どうにも、またすぐ次の上映があるらしい。

二十時を過ぎた夜は、それでも春なだけあって過ごしやすい。

「ね、邑楽《おうら》くん。映画はどうでしたか？」

「え？　ああ、まあ……」

面白かったとも、そうでなかったとも言えないので、曖昧に口を噤《つぐ》むしかなかった。

結局のところ、僕は神騙しか見ていなかったのだから。

……いや、何かこういう言い方をすると、僕が神騙にとんでもない入れ込み方をしているように見えて、物凄《ものすご》く嫌だな……。

そんなことは特にないのだが、普通に事情を語ったとしても――どころか語った方が、より神騙に惚《ほ》れ込んでいるように見えるトラップが発動していた。

実際のところ、意味分かんねぇからな。神騙を見てると落ち着くって……。

いや、いいや。

あるいはアレか？　単純に僕が、恋愛映画の雰囲気に当てられて、身近な女性を無意識的に探してしまって、気を散らせていたということになるのだろうか？

い、嫌すぎる……。

我が事ながら、女性に飢えすぎだろう……。

別に悪いことではないと思うが、諸々《もろもろ》込みで気持ち悪すぎる特性だった。

「なんて、わたしばっかり見ていた邑楽くんには、意地悪な質問だったかな？」

「気付いてたのかよ……本当に意地悪だな」

「きみほどじゃないけれど、わたしも結構、視線には敏感な方だからね――まあ、そうじゃなくっても、アレだけ熱烈に見つめられたら、誰だって分かるよー」

もう照れちゃって照れちゃって、仕方なかったんだから。と、言葉とは裏腹に、やたらと嬉《うれ》しそうに言う神騙だった。

「だけど、なぁに？　構って欲しくなっちゃったの？」

「馬鹿言え、そんな訳ないだろ。ただ、やっぱり美少女だよなって、そう思ってただけだ」

「……きみって本当、誰にでもそういうことを、サラッと言えちゃう人だよねぇ。嬉しいけど、ちょっと減点だなあ」

「分かったようなことを言われながら減点されている……」

まあ、何点引かれようが痛くも痒《かゆ》くも無いのだが、それはそれとして、何で僕が非難されるような目で見られなきゃならないんだよ……。

美人な人は美人だし、イケメンな人はイケメンだろ。

お世辞ではなく、事実そうなのだから、本人に伝えたところで支障はないはずである

――というか、そういう人たちって言われ慣れてるからな。

多少なりとも自覚はあるだろうし、あちらからしても、もう聞き慣れたを通り越して、聞き飽きているんじゃないだろうか。

特に神騙は、分け隔てなく誰とでも接するような人間だ。

この類の言葉をかけられるなんてこと、日常茶飯事と言っても過言ではあるまい。

「同じ言葉でも、言ってくれた人によって、受け取り方は変わるものなんだよ？　その辺、気を付けないとダメだよ、邑楽くん」

「安心しろ、まず気を付けないといけないような人間関係は存在しないからな」

「それじゃあ、わたしのことだけ気にかけて？」

「それはちょっと……」

返しの言葉の威力が高すぎるだろ。ビックリして思わず声震えちゃったんだけど？

だいたい、こうやって連日振り回されているのだから、ある意味では既に、神騙のことを考えっぱなしみたいなものである。

「ていうかな、僕だって相手くらいは選んでるよ。神騙だから、こうやって気軽に言えてるんだ」

「きみ、女誑《おんなたら》しの才能までそのままなんだね……」

「前世電波を受け取りながら罵倒も出来るのかよ……万能だな、おい」

ていうか、女誑しって……。初めて言われるタイプの悪口だった。

仮にそうだとしたら、今頃彼女とは言わずとも、友人の一人や二人、軽々と出来ていそうなものである。

現実がそうなっていない時点で、その辺はお察しというものだろう。

誑し込むどころか、むしろ避けられてるまであるからね？

これが入学時に友達作成スタートダッシュをきれなかったものの末路である。

コミュ力低めな人間が、そこで盛大な遅刻をかましてしまったら、最早《もはや》人権は無に等しいのだ。

ま、まあ？　別に？　僕は一人でも人生楽しい側の人間だし？

内心、言い訳を重ねながらも、「ああ、でも」と口を開いた。

「ただ、その、何だ？　別に目の保養になるからとか、そういう意味合いで見ていたんじゃなくって……」

自分で言い出しておきながら、適切な表現が見当たらず、言葉尻を口元に彷徨《さまよ》わせる。

数秒ほど考えた後に、言葉を紡《つむ》ぎ直した。

「何だか誤解を与えてしまいそうで、言語化が少し難しいんだけれども……落ち着くんだよ、神騙を見てると。映画じゃなくて、神騙を見てるのが正解って言うか、そうするのが自然な形に思えたっていうか」

「……わぁ、告白？」

「全然違いますけど!?　いや確かに、誤解を生みかねない表現だったけれども……！」

それを分かっていたから、前置きをしたということを理解して欲しかった。

早速脳内で反省会を始めようとしたのだが、それより前に、「でも、そっかぁ」と神騙がポツリと呟《つぶや》いた。

疑問符を一つ、頭の上に弾《はじ》き出しながら見ると、神騙は満面の笑みを――それこそ本当に、嬉しそうに口角を上げていた。

「もしかして、きみが映画好きって言う割に、内容覚えてないことが多かったのって、そういうこと……？」

「急に何の話？　会話相手を置き去りにして、強力な電波を受け取るのはやめようね？　ビックリしすぎちゃうから」

「置き去りにはしてないよ、だってこれは、きみがどれだけわたしのことが大好きだったのかって話でしょう？」

「おぉ……すげぇ、全然違う」

なんかもう、一周回って正しいんじゃないかと考えてしまうくらい違ったし、超置き去りにされていた。

好いているって言うか、怯《おび》えているって言った方が正しいんだよ、神騙の場合。

しかしまあ、ここで深掘りしても、一方的に僕が不利になっていくだけである。

話を切り替えよう――ふと点けたスマホを見れば、既に時刻は二十一時目前だった。

「そろそろ解散とするか……悪いな、夕飯もまだだってのに、こんな時間まで付き合わせて」

「わたしが好きで付き合ってるんだから、謝らないのっ」

「はいはい、ありがとな」

もう数時間もすれば深夜と言っても良い時間帯だ。すっかり辺りは暗闇に落ちていて、電灯がチカチカと瞬《またた》いている。

停《と》めておいた自転車に乗って、ライトを点ける。

後ろに座った神騙《かんがたり》が、僕の身体《からだ》に手を回すのを確認してから、ペダルを踏み込んだ。

ここから互いの家までは、そう遠くもないが、だからと言って、近いと言うほどでもない。

神騙もいることだし、ちょっと急ぐか……と思えば、心なしか、全身をぐったりと預けられているのを感じる。

「おい、神騙。寝るなよ、マジ危ないからな」

「分かってるよ～、ふぁ……」

「全然分かってなさそうな欠伸《あくび》だな」

「大丈夫大丈夫、仮に寝ちゃったとしても、きみのことは手離さないから」

「声がマジトーンすぎる……」

とはいえ、そんな言葉を馬鹿正直に信じる訳にもいかず、少し急ぎ目に自転車を転がす。

あまり会話はないが、それなりに居心地のよい時間が続き、やがて家が見えてくる。

ここから更に、もう少しだけ進めば神騙の家だ。

もうひと頑張りだなと思うと同時に、人影が前から来ていることに気付く。

減速しながら、道を空けるように逸《そ》れれば、不意に目が合った。

暗闇の中でも分かる、綺麗《きれい》な黒の長髪――

「――愛華《あいか》？」

×　　×　　×

「あら兄さん、今日は随分とおそ……その方は？」

電灯に照らされて、互いの顔が見える。

キキッ、と自転車を停めて降り、愛華と向かい合えば、神騙が僕の肩越しからひょっこり顔を出した。

「あれ？　愛華ちゃんだ。こんばんは、わたしのこと、覚えてる？」

「なっ、え……神騙先輩⁉」

「え、なに、お前ら知り合いなの？」

驚愕《きょうがく》を露《あらわ》にしてから数秒ほど硬直した愛華が、「んんっ」と咳払《せきばら》いをして、それから怪《け》訝《げん》そうに眉をひそめた。

「神騙先輩とは、中学が一緒だったんです。互いに生徒会でしたので、お世話にはなりました」

「あはは、かがりで良いよって言ってるのになあ」

「……神騙元生徒会長には、大変良くしていただきましたので」

「露骨に距離を取られた⁉　愛華ちゃん～！」

思わず！　といったように神騙が、愛華をきゅ～っと抱きしめる。それを嫌がりながらも、しかし満更でもない様子で受け入れる愛華。

何と言うか、実に百合百合《ゆりゆり》しい感じの光景だった。

どちらも引けを取らない美少女なだけに、驚きや意外という感情よりも、目の保養になるな……という感想が先行する。

それに、どちらも人脈は広い方だ。

たとえ中学が一緒でなくとも、親交くらいあってもおかしくないと、素直にそう思える二人だった。

「それよりっ、どうして神騙先輩と兄さんが一緒にいらっしゃるのですか。それも、こんな時間に二人っきりで」

「まあ、説明すると、ちょいと長くなるんだが……」

「わたしが、邑楽《おうら》くんのお嫁さんだからだよ」

「⁉」

「おいっ！　初手で話がややこしくなるようなことを言うんじゃない！　しかも全然違うし！」

「えへへ、そうだったね。今は婚約者だった」

「‼⁉‼⁉」

「神騙お前、わざとやってるな⁉　そうなんだな⁉」

一旦黙れーっ！　と口を塞ぎにいけば、「きゃーっ」と楽しそうに悲鳴を上げる神騙であった。

何なんですかね、この人……。

いつもであれば呆《あき》れるだけで済むのだが、春を今すぐにでも冬に変えてしまいかねない、極寒の視線が僕を貫いていたので、そうは出来なかった。

おい、マジ頼むから……！　と懇願の姿勢に入ることで、神騙を引き剝がす。

「随分と、仲がよろしいんですね。家族のことは、避けているというのに」

「言葉にしっかり棘《とげ》を混ぜてくるのはよせ、傷ついちゃうだろうが……」

「傷つけてるんだから、当たり前でしょう。もっとちゃんと傷ついてください、兄さん」

「お前ね……や、僕の問題だから、それも仕方ないんだけど」

もうちょっとこう、手心とか加えてくれないかしら……。

本当の本当に、僕個人の問題でしかなかったので、返す言葉もなく黙り込んでしまう。

そうすれば、「あっ」と神騙が手を叩《たた》いた。

如何《いか》にもちょうど今、何かを思い出したといった表情である。

「そっか、愛華ちゃんの言ってた『なーくん』って、邑楽くんのことだったんだ」

「っ、ちょ、待ってください、神騙せんぱ――」

「小さい頃から憧れのお兄ちゃんで、ずっとずっと大好きだったたって言ってたもんね、愛華ちゃん」

「～～～っ！　神騙先輩！！！」

顔を赤く染めた愛華が、神騙に詰め寄り早口を捲《まく》し立てるが、神騙はニコニコと柔らかい笑みで受け流していた。

さながら、柔よく剛を制すといった言葉が似合いそうな構図である。

一方、突然極大の情報量で殴られた僕は、思考が半分くらい停止して、二人をぼんやりと眺めることしか出来なかった。

まあ、確かに嫌われているとは思っていなかったが……。

そんなに良く思われていたんだな、と少しだけ嬉《うれ》しく思い、同時に後ろめたさがそれを丸呑《まるの》みにした。

その好感情を裏切っているのは、他でもない僕自身なのだから。

素直に応えられず、背中ばかり向けている僕は、それをどう思うかなんて、考えることすら烏滸《おこ》がましい。

それが異性としてではなく、家族としての愛情であるのだから、なおさらだ。

受け取る資格がない——と、そんなことを思えば、愛華の鋭い眼光がこちらに矛先を向けた。

僕より少しだけ背の低い愛華は、上目遣いでありながらも強烈だ。

「い、今のは、神騙先輩の冗談です。ジョーク、分かりますか⁉　分かりますよね？　ねえ、兄さんっ」

「分かってる分かってる、分かってるから顔を近づけるな、歩み寄ってくるな、密着するかの如《ごと》き距離を維持するな！」

「嘘《うそ》です、それならどうして、兄さんは私と目を合わせてくれないのですか！」

「いやだから、距離が近すぎるっつってんだろ……！」

あんまり至近距離で見つめ合うと、ドキドキして仕方ないんだよ。

愛華にはもっと自身の容姿の良さを自覚して欲しかった——いや、これは神騙もであるのだが。

神騙の場合、頭のおかしい女フィルターが勝手にかかるからな……。ある程度なら問題ないが、愛華は別だ。

小さい頃から見ているが、真っ当に可愛《かわい》いんだよ、愛華。

クール系の幼女からクール系の美少女になったことだし、このままクール系の美女になることは間違いなしだった。

「大丈夫だ、神騙が頭のおかしいぶっ飛んだ女だってのは、よく分かっている」

「……？　いえ、そこまでは言っていませんけれど……」

「は？　おい、僕の味方がいなさすぎるだろ」

理解を示したつもりだったのだが、全然上手《うま》くいってなかった。

これアレだな、愛華のやつ、かなり神騙のことが好きっぽいな……。

どうしたものか……と思えば、そっと腕を引き寄せられた。

愛華に——ではない。隣に並んでいた神騙に、腕を取られて抱き着かれる。

「えへへ、でもビックリしたなあ。二人が兄妹《きょうだい》だなんて、思わなかったよー」

「……まあ、実の兄妹って訳じゃないからな」

「――え？」

「言葉通りの意味だよ。愛華と知り合いなら知ってるだろうけど、まず名字が違うだろ？　愛華は藍本《あいもと》で、僕は凪宇良《なぎうら》だ。だから、義理の兄妹なんだ、僕たち」

　兄妹になるまでは――妹になる前は、愛華はただの従妹《いとこ》だった。

「ふぅん……？　なるほど。そっか、そういうことなんだ――えへへ、それでも愛華ちゃんがわたしの義妹《いもうと》になるのは嬉しいなっ」

「何でナチュラルに結婚してるんですかね……」

　まず付き合ってすらいないんだよな、と文句を垂れようとして、愛華が可愛らしく目をまん丸にしていることに気が付いた。

　それからポツリと、呟《つぶや》くように問いかける。

「に、兄さんは、神騙先輩と付き合っているのですか……？」

「いや違う違う！　ほら見ろ神騙、変な勘違いが生まれちゃってるだろ！」

「大丈夫大丈夫、その内勘違いじゃなくなるから、早いか遅いかの違いだよー」

「怖いこと言うのやめろよ……」

今のやり取り見た？　神騙は実はこういう、ヤバいやつなんだよ――と言おうとして、愛華が難しそうな顔で顎に手をやる。

そうだそうだ、言ってやれ。あんまり変なこと言ってんじゃねぇよってな。

「つまり……神騙《かんがたり》先輩は私のお義姉《ねえ》ちゃん……？」

「あれ⁉　そういう感じの反応になるのか⁉」

何で素直に受け入れてるんだよ……！　と絶叫しそうになるのを抑え込む。

ま、まあね？　神騙が滅茶苦茶《めちゃくちゃ》言うせいで、愛華もちょっと混乱してるだけかもしれないし。

ここは年上らしく、お兄さんらしく、状況を一から理路整然と説明してやろう――と思ったところで、胸が震えた。

いや違う！　何か急に感動してしまった時の比喩表現をしたかった訳ではなく、単純に胸ポケットに入れていたスマホが着信を知らせていたのである。

表示されている名前は――藍本旭《あさひ》。

少しの逡巡《しゅんじゅん》の後に、電話を受ける。耳元にスマホを当てれば、成人男性らしく低い、それでいて優しい声音が耳朶《じだ》を叩いた。

『もしもし、邑楽くん？』

「はい、旭さん。どうかしましたか？」

『いや、ね。沙苗《さなえ》の方には連絡があったけれども、やっぱり遅くなるとなれば、心配になって。俺も、そろそろ寝ちゃうからさ』

「――すいません、心配かけてしまって。でも、もうそろそろ帰宅するので、大丈夫です」

『そうかい？　それなら良いんだけれども……ああ、それと、さっき愛華《あいか》がコンビニに行ってくると言っていたから、出来れば合流してくれないかな。この辺は治安も良いし、あの子も年頃だから、好きにはさせてあげたいけれど、やっぱり心配だから』

「分かりました……て言っても、今さっきバッタリ会ったところなので、もう少ししたら一緒に帰りますよ」

『そうかい？　それはラッキーだ。それじゃあ、よろしく頼むよ』

「はい。それじゃあ、また。おやすみなさい」

『うん、おやすみ』

画面をタップして、通話を切る。そうすれば、意図せず深い息が吐き出された。

愛華がおずおずと言った様子で、僕に尋ねる。

「今の、お父さんですよね？　何か、ありましたか？」

「いや、単純に僕の帰りが遅いから、心配かけちゃったみたいだ。あと、出来れば愛華と帰ってきて欲しいって」

「そうですか——それでは、そろそろ帰りましょうか。私も、少し散歩がしたかっただけですし」

愛華のその言葉に、神騙と揃《そろ》って頷《うなず》いた。

本音を言えば、愛華には誤解を植え付けないよう、神騙と僕との関係性だったり、如何に神騙の頭がぶっ飛んでいるのかを、一から説明してあげた方が良いような気もしてきたのだが、しかし時間も時間である。

三人で卓でも囲んで話すには些《いささ》か遅すぎる時間帯であり、解散するにはちょうど良い頃合いだった。

と言っても、こんな時間にまさか僕だけ先に帰って、神騙を一人で帰す訳にもいかなかったので、愛華を家に送ってから、神騙を送ることとなった。

まあ、神騙は「送ってくれなくても大丈夫だよー、知っての通り、わたしの家はすぐそこなんだから」と遠慮したのだが、まさか本当に、そんな見え見えの気遣いに甘える訳にもいかないだろう。

だいたい、神騙は自分が好きで付き合ったと言ってくれてはいるが、実際のところは、やはり僕に付き合わせた形になるのだから。

そこの責任は取るべきだろう。僕にはそうするべき理由と義務がある。

倉庫に自転車を叩きこみ、神騙の隣を歩く——再び二人乗りでもすれば一瞬でつくような距離ではあるが、神騙の希望で徒歩となっていた。

「それにしても、盲点だったなあ。愛華ちゃんのお兄ちゃんが、邑楽《おうら》くんだったなんて」

「まあ、兄妹っていっても、しょせん義理だしな。それに、こうなったのは一年前のことだし、知らなくて当たり前だろ」

「だけど、二人は従兄妹《いとこ》でもあったんでしょ？　それなら、やっぱりもっと、早くに知りたかったなぁ」

「そりゃまた、何で」

「もちろん、きみともっと早く、会いたかったからに決まってるじゃない。というかね、きみのことなら、何でも知りたいくらいなんだよー……ずっと、期待だけはしてたくらいなんだから」

「あ、そう……」

筋金入りというか、ここまで来たら神騙の中では、設定ですらないのかもしれなかった。

それはそれで闇を感じるというか、出来れば踏み込みたくはない感じである。

しかし、まあ、この先付き合いが多少なりとも続くのであれば、否《いや》が応《おう》でも踏み込むことにはなるのだろうな、と思う。

何せ、藍本家を見れば分かる通り、他人との距離の取り方というのが、僕は絶望的に下手くそなのだ。

グイグイと距離を詰めてくる神騙とは、そういった意味合いで、相性は最悪とも、最高とも言える。

それはつまり、神騙が開示したい情報部分までは、容易《たやす》く誘導されてしまうということに他ならない。

そう考えると、今から微妙に気分が重かった。

「それに、やっぱりきみに、寄り添いたかったから。きみが本当に辛《つら》かった瞬間に、一番寂しかった瞬間に、傍《そば》にいてあげたかったなって」

「……何だそりゃ。まるで僕が、これまで壮絶な人生を歩んできた、みたいな言い方するなよな」

「壮絶だったかどうかは分からないけれど、きみがいっぱい傷ついて、悩んだってことくらいは分かるよ。あんなに慕ってくれてる愛華ちゃんと、上手くいってないくらいだもんね？」

「──まあ、流石《さすが》に見れば分かるか」

ただでさえ、隠し事の類が一切通じなさそうなことに、定評のある神騙である。

取り繕おうとするだけ無駄なのである。となれば、やるべきことは決まっている。

釘《くぎ》を刺すことだ──いや、いいや。

あるいはそれは、取引と言うべきかもしれないのだが。

「うん、まあ、取引だな──なあ、神騙。僕と一つ、取引をしないか？」

「うん？　うん、良いよ。婚約とかしておく？　こういうのは、早い方が良いもんねぇ」

「しないが⁉　しかも即答だし！　もうちょっと警戒くらいしろよ……」

「きみ相手に警戒する必要はないからなあ……」

それで、取引って言うのは？　と問い直した神騙に、微妙にため息を吐《つ》きながらも、

「んんっ」と息を整える。

「さっきから、聞きたそうにしている、僕と愛華の──愛華たちとの関係を教える。だから、愛華に余計なことを……いや、違うな。余計なことって言うか、その、アレだ。察してるだろうことも含めて、僕のことを、愛華に教えないでくれないか？」

「──ふふっ、取引なんて言わなくても、邑楽くんが嫌だって言うなら、わたしは絶対に言わないのになあ」

「タダほど怖いものはないって言うだろ。まあ、等価交換になるかと言われれば、微妙なところかもしれないが……」

何ならちょっと重い話になりかねないので、不快にさせるかもしれないという意味合いで、釣り合っていないかもしれないのだが。

今、切れる札がこれしかないのだから、仕方がない。

「それで、どうなんだ?」

「んー……良いよ。それできみが、納得できるなら。ああ、でもね、きみが話すのが辛かったら、話さなくても良いんだからね」

「気遣いどうも。でも、そこは問題ない。だいたい、ただの事実を語るだけだし、辛いも何もないよ」

——そう、ただの事実である。ひた隠しにしている訳でもない、その気になって調べれば、誰でも分かってしまうくらいには、公になっている情報だ。

それに、語らなくとも神騙であれば、近いうちに察してしまいそうなものである——そう考えれば、やはりここで、取引の材料にするくらいが、ちょうど良い。

「愛華と同じように、さっき電話していた旭さんも、義理の父親……義理の家族だよ——」

×　　×　　×

義理の妹が出来て、義理の母親が出来たのだから、当然、義理の父親も出来た——藍本《あいもと》沙苗さんと、藍本旭さんは、僕の新しい母親と父親だ。

……いや、いいや。

新しい父と母なんて雑な括《くく》り方をしてしまったのだが、正確に言えばそれは違う——のだと思う。

ひどく曖昧な物言いになってしまうので、非常に申し訳ない限りであるのだが、旭さんが父で、沙苗さんが母というのは、便宜上は確かにそうなるのかもしれないが、しかし実態はもう少し違った。

とはいえ、不仲という訳ではない。何も僕が二人のことを心底嫌っていて、だからこそ父と母だなんて認めていない……という訳でもない。

どちらかと言うまでもなく、僕は彼らのことを嫌ってはいない。むしろ好ましいとすら思っているほどだ。

知っての通り、手料理を食べられないことを、心苦しく思っているくらいには。

だから、家族と言っても差し支えはない——というか、実際に家族なのである。彼らは僕の保護者であり、僕は彼らに養われているのだから。

そこは純然たる事実であり、否定しようのない、否定する必要のない現実だ。

けれども、そうだとしても、僕がこの先彼らのことを、面と向かって父と母と呼ぶことは、恐らく無いんじゃないだろうか。

少なくとも、今の僕からしてみれば、そんな未来はちょっと想像できなかった。

何せ、僕らが家族になったのは、たった一年と少し前なのである——僕の産みの親であり、育ての親でもあった父と母は、その一年と少し前に他界した。

特段、珍しいことではない。ただの、交通事故だった。

即死だった——らしい。詳しくは知らない、というよりは、あまり聞かされることが無かった。

遺体の損傷が激しいという理由から、二人の最期《さいご》を見ることは出来なかったし、当時の記憶はお恥ずかしながら、多少以上にぼやけている。

ただ、僕よりも僕の周りが、ひどく忙《せわ》しなかった記憶だけが鮮明に残っていた。今思えば、誰が僕を引き取るかなんて話を、親戚同士でしていたのではないだろうか。

両親はあまり人付き合いがある方ではなかったし、そんな彼らの子である僕は、なるほど確かに手に余ったことだろう。

僕自身も、見ての通り人好きのするタイプではない。これは、幼い頃からそうである。

その結果、手を差し伸べてくれたのが、藍本夫妻だったという訳だ。

元より藍本夫妻は、幼い頃から見知った相手ではあった――旭《あさひ》さんは父さんの弟だったし、二人の仲は良好だったから。

前述の通り、あまり親戚付き合いはしない両親ではあったが、藍本夫妻は別だった……だからこそ、二人は僕を引き取ってくれたのだとも思うが。

と、まあ、そんな珍しくもない、今時どこにでもありそうな経緯で、僕は彼らに養われているのだった。

だから、沙苗《さなえ》さんと旭さんは保護者であり、家族ではあるが、きっと父でも母でもない――父と母になることも、きっとない。

形式上はそうだとしても、感情的な部分がいつまでも納得できなかった――嫌という訳ではなく、単純に僕の中で、旭さんも沙苗さんも、どちらも『親戚の人』なのである。

あるいは、『長期休暇時によく会う人』でも良い。実際、その程度の関係だった。

物心ついた頃から中学三年生になるまで、だいたい十五年。その間に固まった認識はそうそう揺らぐことはない。

だけど、それで良いと僕は思っていたのだ。無理に変えることではないし、変えられるものではないのだから。

むしろ無理に変えてしまった方が、余計な歪《ゆが》みを生み出しそうなものであると。

それはきっと、藍本夫妻もそうなのだろうと、僕は思っていた。

そう、思っていた。過去形だ、現実は違った。

『邑楽くん、俺たちは家族だ。家族になった。だから、俺たちを本当の親だと、そう思ってくれて構わないからね』

引き取られて、数日経《た》ったある日のこと。

あまり来慣れていない藍本家の、部屋を一つ割り当てられた日のこと。

旭さんに、そんな風にかけられた言葉に、恐ろしいほどの吐き気を催した。

ああ、これはダメだと、本能的に理解した。

彼らは僕の親の代わりになろうとしている。

それは、もしかしたら大人として、自然な行動だったのかもしれない。

十代半ばで親をどちらも突然失った、可哀想《かわいそう》な少年に対する、慈悲や慈愛の類だったのかもしれない。

だとするのならば、僕がそれを余計なお世話だと、切り捨てるのもまた違うように思えたけれど、しかし、僕の親として振る舞おうとする二人を見ていると、なおさら父と母はこの世にもういないのだと、そうまざまざと見せつけられているような気すらして、目の前が真っ暗に染め上げられた。

代わりなんていらないと、そう言えたらきっと楽だったけれど、言葉にすることはできなかった。

僕は可哀想なんかじゃないなんて、言えようはずもなかった。

『今日からここが、君の家だ。不都合があれば言ってくれ、なるべく対処しよう』

そんな、優しさ由来の言葉が、耐えられないほど不愉快に感じられた。その場にいる誰もが何も悪くないというのに、言葉には善意しかないはずなのに、不快感だけが腹の底から湧き上がってくるようだった。

与えられた新しい部屋は、まるで自分の部屋とは思えなかった。元の家にあった私物を持ち込んで飾ってみても、それは何も変わらなかった。

敢《あ》えて言葉にするのなら、間借りしているという感覚だけがあった。

自分の家ではなく、自分の部屋ではなく、この家はどこまでも他人の家で、ただひたすらに、他人の部屋だった。

そういう奇妙な理解と感覚のズレが、藍本家に対する莫大《ばくだい》な忌避感を生み出していた。

――だから、帰りたくなかった。毎日帰宅するという行為がどうしようもないほど苦痛に感じられて、だからいつも、どこかしらで時間を潰していた。

なるべくあの家にいなくて済むように。

僕の親を演じようとする二人を、見なくて済むように。

先日からの、神騙《かんがたり》の誘いに『都合が良い』と、そう感じたのはその為《ため》だ。

といっても、繰り返すようではあるが、僕は二人のことを嫌っている訳ではない。

多大な恩は感じているし、いつか返さなければならないとも思っている。

元より好ましい二人だ。それは当然だし、余程のことがない限り、変わることはないと思う。

ただ、このどうしようもない気持ちのズレが、僕をあの家に馴染《なじ》ませていなかった。

きっとそれは、どれだけ時間を重ねても、変わることはない――だけど、そうだとしても。

だからと言って、ずっとこのままで良いのかと言われれば、そんなことはないのだ。

僕だって、居心地の悪い思いをしたい訳ではない。一言交わすだけで疲れてしまうような緊張をしたい訳ではない。

帰ることを苦痛に思いたい訳ではない。笑顔を取り繕って、会話をしたい訳ではない。

作ってもらったご飯だって、本当は美味《おい》しくいただきたい——だけど、出来ないから。出来なくなって、しまったから。

けれどもそれで、迷惑をかける訳にも、気を遣わせる訳にもいかないから。

隠したかった——こんな僕を、それでも受け容《い》れてくれている、あの心優しい人たちには。僕のどうしようもない、一方的に醜い部分を。

だから、彼らに僕のことが伝わる可能性は、少しでも潰しておきたかった。

取引だ何だと言って、こんなことを語り始めたのも、それこそが肝である。

「まあ、そんな感じだからさ、悪いんだけど、僕についてはお口チャックで——」

頼むよ。と言いかけて、けれども言い切れなかったのは、自然と足を止めていたからだろう。

それは、もちろん神騙の家の前に着いたというのもあるが、やはり止められたというのが、もっとも正確な言い方だ。

誰にかと言われれば、もちろん神騙に。後ろから、抱きすくめられる形で。

その上で、震えた声が、耳朶《じだ》を叩《たた》く。

「まったく、きみは本当に、いつだって自分の気持ちにばっかり鈍感だなあ……」

「鈍感って……別に、そんなことないと思うけどな」

何なら敏感なまであるからね？　ちょっとした陰口で傷ついちゃうくらいだから。

自分の気持ちは大切にがモットーな僕である。

「そうやって、テキトーなこと言って誤魔化そうとするの、昔っから変わらない、悪い癖だよ」

「いや、昔っからって……」

どの立場からの発言なんだよ、それは……なんて、口に出したら、それこそ耳にタコが出来るほど聞いた、「きみのお嫁さんだよ！」と返してくるんだろうな。

恐ろしいカウンターである。主に、返す言葉を見失ってしまうあたり、無法の力強さを誇っていた。

「やっぱりきみとは幼少期から知り合いの、幼馴染《おさななじみ》として生まれ変わらないといけなかったんだなあって、今強く思っています」

「おい、さらっと恐ろしいことを口にするな。幼少期からって……そもそも、その前世電波、そんなに小さい頃から受信してたのかよ……」

「小さい頃からなんてものじゃないよ、わたしはわたしがこうして生まれた時から、きみのことだけは覚えていたんだから」

「へいへい……そりゃご大層な記憶だな。僕の一番幼い頃の記憶なんてアレだぞ、犬に噛《か》まれてギャン泣きした時のやつだぞ」

「何それ可愛《かわ》い……」

「全然可愛くはないんだが……」

むしろ痛ましい記憶だった。今思い返してみても、マジで痛かったという記憶だけが焼き付いている。

小型犬とかじゃなくて中型犬だったんだよな。

「あー、あとはアレ。従妹《いとこ》……愛華《あいか》じゃない、年下の子がいたんだけどさ。その子と話した記憶がぼんやり残ってるな」

「へぇ、どんな人だったの？」

「分からん」

「？」

「いやだから、分かんないんだよな。つーか、僕が勝手に従妹だって思ってるだけで、実は違う可能性もあるんだ、これが」

「⁇⁇⁇」

疑問符をいっぱい出しながら、可愛らしく首を傾《かし》げる神騙だった。その気持ちは本当によく分かるのだが、これ以上の説明が僕には出来ない。

というのも、記憶がしっかり残っている訳ではないのである。

何を話したのか、どうして話したのか。いつ出会ったのか、彼女が誰であったのか。

困ったことに、鮮明に思い出せるものが、何一つなかった。

まあ、幼い頃の記憶なんて、そんなもんかもしれないのだが……。

恐ろしいことに、僕以外に彼女の存在を把握しているような人物が、周りには一人もいなかった。

今は亡《な》き、父さんと母さんに話したこともあるが、どちらからも「夢でも見てたんじゃない？」といった旨《むね》の回答が返ってきたことがある。

いや、確かにうちは親戚付き合いがほとんど無かったので、従妹と定義している僕が間違っている可能性は大いにあるのだが……。

でもなあ、ほとんど無かったということは、多少はあったということであり、実際、葬式の時は滅茶苦茶《めちゃくちゃ》な人数が参列していた。

その辺の道端で出会った子と、偶然話が弾んだと考えるよりかは、従妹である可能性の方が高そうなため、勝手に従妹だと思っているところはある。

何ならいっそのこと、本当に夢か何かであったと考える方が現実的かもしれないのだが、何となくそうではない、という確信があった。

根拠の一つも無い確信ではあるが、まあ人間なんだからそういうこともあるだろう。

「ま、振り返って思い出した時に、思い出補正で幻想化させた、子供の頃の不思議な記憶枠だよ。誰にだってあるだろ、そういうの」

「う〜ん、まあ確かに、そういうのがあるのは分かるけど……もうちょっと、思い出せることとかないの？」

「もうちょっとって言ってもな……」

夏であった。とは思う。

照りつける太陽は、肌を軽々焼いてしまうくらいの熱を降り注いでいて、その暑さにぐったりとしながらも、縁側に並んで座っていた。

けれども、鮮明に思い出せるのはそこまでだ。

つーか、何でか年下だと思い込んでいたが、シルエット的にはむしろ年上なんだよな。

中学生か、あるいは高校生くらいか？

少なくとも、今の僕たちくらいなようにも思えた。

今の僕が経験するのならば、年下だと思い込んでも仕方がないが、当時まだ、小学生かそれ以下だったと思われる僕が、何故《なぜ》そんな傲慢なことを思うのか……。

不思議というか、いっそ変だなと思った。

ま、そうはいっても子供の頃の記憶だからな。

あやふやな部分が多いのは仕方がない。

「ああ、でも、そうだな。その人も金髪だった気がする。よく見るキラキラした感じじゃなくて、何ていうか、儚《はかな》さがあるっていうか……あっ、そうアレ。ちょうどこの前、古いアルバムを見たろ？　あの時、僕が指さした女の子。イメージとしては、あの子が一番近いかもしれないいな」

「――っ、それ、は。えっ？　邑楽《おうら》くん、やっぱりわたしのこと大好きだよね？」

「え⁉　なに⁉　何でそういう話に接続されるんだ⁉」

とんでもない話の受け取り方と飛躍をする神騙だった。だからお前は、あのアルバムにいた子の何なんだよ。実は本人でした！　なんてことはあるまいし――どう軽く見積もったって、あのアルバムには十年以上の年季が重ねられていた。

となれば、まあ……親族とかか？　だとしても、反応としては意味不明なので、やはり妙な電波を受信しすぎて、おかしくなっているとしか思えないのだが……。

えへえへえへへぇ……と、頬を緩めまくる神騙を見ていると、何についても言及するのは憚《はばか》られるというものだった。

沈黙は金、雄弁は銀である。

大人しく黙り込めば、酷《ひど》く嬉《うれ》しそうに身を寄せて来た神騙が、しかし驚くほどに優しく、理知的な声音で言う。

「わたしも、きみのことが大好きだよ——だから、いつでも頼って、寄り掛かって良いから、もうちょっとだけ、勇気を持っても良いと思うな。愛華ちゃんは、そんなにも邑楽くんのことを、拒絶するように見える？」

基本的にグイグイ来るくせに、本当に踏み込んで欲しくないところは把握している節のある神騙は、やはり一線を引いた、優しい言葉だけを紡《つむ》ぐ。

「シレッと僕が神騙のことを好きみたいにするんじゃない……でも、まあ、そうだな。分かってるよ。分かってる——」

——そう、本当は分かっているのだ。

隠したって、隠し通したって、それは無難ですらないことは。

僕のことを、兄と呼んでくれる愛華とは、きっと話しておくべきなのだということは。

ああ、これはダメだな、と直感的に思った。

神騙の優しさは、下手をすれば依存してしまいそうな、底なしの優しさだ。

それはきっと、僕をダメにしてしまう——ま、その優しさが向けられてるのも、今だけかもしれないのだが。

またね、と笑って手を振り、部屋へと入る神騙の背中を見つめながら、小さく息を吐いた。

神騙かがりの特別じゃない手料理

帰宅という二文字が、かつては何よりも大好きだった身としては、これほどまでに気が重く感じるものになるとは、一年前までは思ってもみなかった。

中学二年までの僕に、そんなことを伝えれば、寝言は寝て言えと、鼻で笑われてしまうことだろう。

そのくらい、僕は自分の家というものを、何にも代えがたい安息の場所だと思っていたし、実際そのように過ごしていた。

だというのに、今では打って変わって、家に寄り付かなくなってしまったのだから、人生何があるか分からないな。

……いや、本当に。何があるか分かったもんではない。

現実はままならないことばかりだし、いつも予想外のことばかり起きて、頭が追い付かない。

世界は僕に、もう少しくらい優しくしてくれても良いんじゃないだろうか——いや、いいや。

きっと、十分に優しい方ではあるのだ。今もこうやって、何不自由なく暮らせていることが、何よりの証明である。

沙苗《さなえ》さんと旭《あさひ》さん――藍本《あいもと》沙苗さんと、藍本旭さんという、新しい母親と父親にも恵まれた僕は、言うまでもなく幸福な人間の部類に入るのだろう。

形は違えども、家族でありたいとは思う……。

そんなことを考えながら歩いていれば、家にはすぐに辿《たど》り着いた。

神騙《かんがたり》の借りている部屋と、藍本家はそう離れていないのだから、当たり前ではあるのだが。

考え事の一つや二つしていれば、十分なんてすぐに過ぎ去ってしまう。

時間は既に二十二時を過ぎている。

流石《さすが》にこんな時間に出歩いているような人は少なくて、夜の住宅街らしい人気《ひとけ》のなさが辺りを包んでいた。

これがミステリーかホラーであったのならば、僕が何者かに襲われているところであるのだが、現実は現実だ。

ラブコメでもなければ、ファンタジーでもないこの世界で、何かが起こる訳もなく、なるたけゆっくりと開錠し、静かに扉を開いた。

「ただいま帰りました――……」

囁《ささや》くように紡いだそれに、返答はない。

とはいえ、それは何もおかしなことではない。

沙苗さんも旭さんも、基本的には日付が変わる前に就寝している人たちだ。それは愛華《あいか》も同じであり、だから先程外に出ていたというのは、少々以上に意外だった。

つーか、こんな時間に、一人で出歩かないで欲しいな……と思うのは、流石に勝手すぎるだろうか。

なまじ小さい頃から見ているだけに、少しばかり不安だった――今でこそ何ともないが、愛華は昔、身体《からだ》が弱い少女だったから。

まあ、今ではバリバリに武道とかやってるんですけどね。合気道だったか？　下手に喧《けん》嘩《か》でも挑めば、千切っては投げを繰り返されそうだ。

言葉でも運動でも勝てなくなったら、兄としての威厳もクソもない――いや、その前に、家族であるかどうかすら曖昧なのだが。

愛華は僕を、「兄さん」と呼んではくれるが、しかし、僕は愛華のことを「妹」として、見られたことはあっただろうか？

いいや、無い。自分に問いかけるまでもなく、一度も無かったことだけは確かである。

友達の延長線、あるいは親戚の延長線。

そういう目でしか見てこなかったたし、やはりそれで良いとも思っていた……んだけどなあ。

結局のところ、関係性というのは、互いがあって初めて成り立つものである──それはつまり、どちらかが一方的に、決められるものではないということだ。

愛華のことをもう少しでも見てあげて欲しい、ということなのだろう。

こんな僕を、それでも兄と呼んでくれる、藍本愛華という少女のことを──僕の、義理とは言え妹のことを。

友人でも、ただの親戚でもなく、一人の家族として、妹として見てあげて欲しいと、きっと神騙はそう言った。

それは、ハッキリと言ってしまえば、余計なお世話だ。

だいたい、出会ってまだ一週間も経《た》ってないような、友人とも言い難《がた》い不思議な……ともすれば、異常とすら言える人間に、僕の何が分かるというのだろうか。

その上、遠慮なんて言葉は脳内辞書に記載されていないような、グイグイ来るタイプのアタッカー女子なのである。

僕は神騙ではない。そしてこの問題は、僕の問題だ。横から口を出されるような謂《いわ》れはない――その、はずなんだけど。

神騙の言葉には、どうにも逆らえない力があるように思えた。

何というか――そう、それこそ、家族に叱られた時のような。それに近しい、目には見えない、しかし抗《あらが》い難い圧力が感じられるのだった。

あるいはそれは、ただ単純に、僕が目を背けていた部分を露《あらわ》にするような、忠告にも近しい一言だったから、というだけの理由かもしれないのだが。

誰にだって、どんな兄妹《きょうだい》にだって、様々な事情があって、様々な形があるだろう。

けれども、それ以前に兄妹は兄妹であるのなら。

僕らも――僕だって、まずは愛華と、兄として、兄妹として、関係性を作らないといけないのだろう。

こみあげてくるため息を飲み込み、いやに胸を叩《たた》く心臓に、平静を装《よそお》うよう指示を飛ばして深呼吸。

たっぷり数十秒使って準備を整えて、それからやっと、「あいかのおへや」という、可《か》愛《わい》らしいプレートが下がった扉をノックした。

途端、パタパタという物音が部屋内から響き、その数秒後に扉は開かれた。

長い黒髪がさらりと揺れて、見慣れた黒い瞳が僕を見る。

「珍しい……いいえ、初めてですね。兄さんから私を訪ねてきたのは。何か御用ですか？」

「あー、えっと、その、あれだ。夜食とか作るけど、一緒に食べ……ていただけませんか、みたいな？」

「……ふっ、あははっ、何ですかそれは」

「あんまり笑うなよ、結構勇気出したんだからさ……」

やっぱり変だったかなあ……とは思うけれど、これ以上のやり方は今も思いつかないし、上手な用件も考えられなかったので、仕方がないと割り切ることにした。

目をまん丸にして驚いてから、ぱぁっと笑った愛華が、喜色を表情に残したまま、優しく問いかけてくれる。

「それで、兄さんは何を作ってくださるんですか？」

「うん、まあ、そうだな。ラーメンとかどう？」

「とんだカロリー爆弾！　私、これでも現役女子中学生なんですけれど⁉」

「まあまあ」

「まあまあではありませんが……はぁ、本当に仕方のない人ですね、兄さんは……」

不満がこれでもかと詰まった小言を、ぱちぱちとぶつけられながらも、キッチンへと入る。

そんな僕の後を追うように愛華がついてきて、それでも物理的に止める様子はないあたり、ギリギリ許されはしたらしかった。

あるいは、初めてこんなことを言い始めた僕を、ただ観察しているだけかもしれないのだが。

ちょっとした緊張を感じながら、インスタント麺を取り出して、それから適当に野菜を用意する。肉は……いらないだろう。

個人的には入れたいところではあるが、小言の圧が強くなりそうだしな。

鍋に火をかけながら、野菜をトントンと刻んでいく。そうすれば、愛華が「へぇ」と声を漏らした。

「……思っていたより、手馴《てな》れていますね。もしかして兄さん、ちゃんと自炊ができるんですか？」

「できるって、胸張って言えるほどじゃないけどな。でも、料理自体は嫌いじゃないよ」

「だというのに、朝昼はいつもアレなのですか……」

「や、だって楽なんだもんよ……」

それに、嫌いじゃないというだけで、別に好きという訳でもない。

必要に迫られて、ある程度こなせるようにしたというのが、一番正確な言い方だろう。

基本的には手間をかける必要がなくて、サクッと食べられるものの方が性に合っている。

「そうやって、兄さんはいつも楽な方ばかり選ぶから、ダメなんです」

「手厳しいな……あんまり本当のことばっかり言うのはよせ、泣いちゃうだろうが」

「……いっそ泣いてくだされば、どれほど楽でしょうか」

「あんまり怖いこと言うなよな……だいたい、泣くのは愛華の専売特許だろ。小《ち》っちゃい頃ないたぁ!?」

「兄さんは！ いつの！ 話を！ していらっしゃるのですか！」

「ど、どうどう、落ち着け落ち着け。悪かったから！ 僕が悪かったから攻撃するんじゃない！」

あと叫ぶのもやめろ！ 旭さんたちが起きてきちゃったらどうするんだ。

夕飯はいりません！ とか連絡しておいて、いざ帰ってきたら夜食を用意してるクソガキの構図になってしまうだろ。

そういうところで、変な気遣いを発生させたくはないんだよ……。

ただでさえ、気を遣われているのだから。

「良いじゃないですか、父さんと母さんも交えて、家族会議なんてオススメですよ？」

「くっ……暴力反対！　言葉は時として拳より人を傷つけるんだぞっ」

「ええ、そうですね。次こそは息の根を止めたいと思います」

「いやあの、もっと研ぎ澄ませろってことを言いたかった訳じゃないんだけど？　ちょっと？　愛華ちゃん？」

その内、殺されたことにすら気付かず、ぺらぺら喋《しゃべ》るタイプのモブにされてそうな僕だった。情け容赦ないってレベルじゃねぇぞ。

頼むから、もうちょっとくらいは優しくしてくれないかしら……。

「ちゃん付けはやめてください、兄さん。普通に鳥肌が立ちます」

「奇遇だな、僕もちょっと今のはキモかったと思ったところだ。土下座すれば良い感じか？」

「絶対にやめてくださいね、もしそんなことをしたら、その頭踏んづけますよ」

「踏んづけるのはもう、ノリノリな証拠だろ……」

その時になったら、高笑いくらいはしそうな愛華だった。顔を真っ赤にして「た、例えばの話であって、実際にやる訳ないでしょう⁉」とか捲《まく》し立ててはいるが、リアリティはまあまああった。

目を閉じれば、割と鮮明にその図が想像できるくらいだ。

うぅ〜っと可愛らしくも、鋭く細められた目つきを受け流しながら、野菜をしばらく炒《いた》める。

次いで、沸いていた湯に麺を投入して、粉スープを器にあけ、数分ほぐして盛りつければ完成だ。

未《いま》だに愛華の目は不満に満ちていたが、諦めの悪い子だなあ、なんてふわふわ思うことでスルーすることにした。

居間へと完成したラーメンを二つ持って行き、互いに向かい合うように座る。

渋々ながらも「いただきます」と手を合わせた愛華が、ちゅるっと麺をすすった。

「……まあ、美味《おい》しいですね。兄さんの小学生並みの腕前でも、マシに思えるんですから、文明の進歩というのは偉大です」

「強い強い！　言葉が強すぎるだろ。もうちょっとこう、素直になってくれて良い……いや、違うな。お世辞を言ってくれても良いんだよ？」

「分かってる上でのお世辞ほど、虚《むな》しいものもないでしょう……でも、ありがとうございます、兄さん——いえ、なーくん」

「兄さんで良いよ。つーか、まあ、そういう話がしたかった訳だしな」

ため息交じりに言うと、愛華が丸く目を見開いた。

そりゃそうなるよな、という反応である。これまで一切、「兄さん」をやってこなかったどころか、家族にすらなろうとしなかったのが僕なのだから、当然だ。

「どういう風の吹き回しなんですか？　なーくん」

「僕も考えるところがあったってことだよ、あーちゃん」

「懐《なつ》かしい呼び方ですね……あの頃とは、随分変わってしまいましたが。主になーくんが」

「そりゃお互い様だろ、僕だけじゃない。あーちゃんの見方が変わったって捉え方も出来る――じゃない。そういう話がしたいんじゃなくってだな……」

あー、とか。うー、とか。唸《うな》って頭を整理して、言葉を考える。

考えて、考えて、ついでに夜食は平らげてしまって、それから「まあ全部言うのが早いのか」という結論に達した。

口にするのはやっぱり躊躇《ためら》われるが、このような場を自分で作った時点で、曖昧に誤魔化すという選択肢は有り得ない。

「その……何だろうな。あーちゃんは今、僕の作ったラーメンを食べて、一応は美味しいって言ってくれた訳だけどさ、きっと、あーちゃんが同じように作ったものを、僕は食べられないんだよ」

「……それは、私の作った料理など、食べたくもないという意味合いですか？」

「そういうことじゃなくて、こう……何だ？　物理的にというか、精神的に、人の手料理を受け付けなくなっちゃったんだよ。どれだけ美味しくても、口に入れただけで、戻しそうになる」

「それ、は──なーくんの、お父様とお母様が、亡《な》くなってから、ですか？」

「まあ、そうなる。って言っても、時期的にそうってだけだけど」

直接関係があるのかは、イマイチ自分でも分からない。いや、だって意味分かんないだろ。親が死んだら、人の手料理が食べられなくなったなんて……。

しかも、隣席になったばかりの、頭の飛んだ女の弁当は美味しくいただけたのだ。

だから、他に要因があったのかもしれないし、無かったのかもしれない。

けれども間違いなく、僕が家に寄り付かない、分かりやすく大きな理由の一つではあった。

「こうして話したのは、別に同情して欲しいって訳じゃなくてさ、ただ……その、知って欲しかった。というよりは、知ってもらうべきだと思った。僕を兄と呼んでくれて、好きだと言ってくれる人に、隠すべきことじゃないって思った──そうしない限り、どんな形だったとしても、家族にはなれないのかなって、思わされたから」

「……なーくんは、私たちと家族になる気があったんですか？」

「あったって言えば嘘《うそ》になる。でも、ただの他人のままでいるのは、無理だと思ってたし……あーちゃんが、兄さんって呼んでくれることに、応えたいとは思っていた」

何故《なぜ》ならそれは、僕を家族として迎え入れていますよ、という証明なのだから。

呼ばれるたびにそれは理解できていて、だからこそ、考えるところが多かった。

「だから、その、何？　旭《あさひ》さんと、沙苗《さなえ》さんとはまだ、もう少し時間がかかると思うけど。あーちゃんと……愛華《あいか》と、まずは兄妹《きょうだい》になりたいって思った。だ、ダメか？」

「どうしてそう、最後の最後で不安になるのですか……それだから、なーくんは……兄さんはダメなんです。泣きそうな顔で、同情を誘っているのも減点ですよ？」

「ばっ、これは別に、狙った訳じゃ――って言うか僕、泣きそうになってんの⁉」

「ええ、それはもう。昔の泣き虫な兄さんに戻ったみたいで、可愛《かわい》いですよ。声まで震えて、本当に」

「だから、泣き虫だったのは、そっちだったろって……」

途端、視界が歪《ゆが》む。

言いたくなかったというよりは、言えなかったことを言えて。

それを拒絶されずに、理解されたことに安堵《あんど》して。

やはり兄さんと呼んでくれる愛華に、優しさを感じて。

込み上げる熱を、気合で堪《こら》えてみせれば、その熱が移ったように、愛華が涙を零《こぼ》した。

「ほら、やっぱり愛華が先に泣く」

「兄さんが泣かせてるんでしょう……そういうことは、もっと早く、言ってください。何も言われずに、ただ避けられるだけなのが、一番苦しいです……！」

「うん、悪かった。半端《はんぱ》に自己中すぎたよな」

「ええ、本当に……でも、分かってくれたのなら、良いです。こうして話してくれたことが、何より嬉《うれ》しいですから。神騙《かんがたり》先輩の差し金なところは、やはり減点ですけれど」

「そこはお見通しなのか……や、ちょっと背中を押されたというか、勝手に叱られた気分になっただけなんだけどな」

でも、その程度だ。神騙に与えられたのは、しょせんきっかけにすぎない。

逆に言えば、きっかけ程度しか与えられなかった。与えては、くれなかった。

「でも、こうして向き合ってくれたことは、何よりも加点ですよ、兄さん」

「それなら良かった。まあ、あんまり兄ってガラじゃないけど……頑張るから、よろしく頼むよ」

「ええ、こちらこそ。それでは今日は兄妹らしく、仲睦《むつ》まじく同じ寝床で、一緒に寝るとしましょうか？」

「それは絶対兄妹らしい行為じゃないんだけれど⁉　え、何⁉　どうした急に⁉」

突然、神騙がよく受信している電波でも受け取ったかのような発言をする愛華だった。

愛華までそんなことになってしまったら、本格的に僕の生活が終わってしまう——よく、人間関係はマイナスからスタートした方が、後から少しプラスの印象を与えるだけで、一気に好感度が跳ね上がると言うが……。

ちょっとそういうレベルじゃなかった。

何だろう、僕が見てない間に頭を全力で打ったりとかした感じ？

「ふふっ、冗談です——いえ、いいえ。幼い頃はそうしていたのですから、今でも私は、構わないのですけれどもね？」

「それ、本当にお互いにガキだった頃の話だろ……」

それこそ、まだ年齢が片手で数えられるような頃合いの話であり、男女であるかどうか、とか、歳《とし》の差があるだとか、一切気にする必要のなかった時の話である。

今は違う。あの時はただの親戚で、今は妹だ……いや、こういう言い方をすると、距離が縮まったように見えちゃうな⁉

全然そんなことはなかった。というか、距離は離れたと言った方が良い——適切な距離になったと言うべきか。

「兄さんの意気地なし」

「逆に愛華は僕にどういう意気地を求めてるんだよ……」

「ずっと寂しくしていた、妹を慰めることくらいできないのですか？」

「――――悪かった。そういえば、この家に来てから、こうしてなかったっけ」

言いながら、愛華の頭を軽く撫《な》でる。

愛華は抵抗することなく、身を委ねるように笑みを浮かべた。

「これで、やっと仲直りですね。兄さん」

「仲直りか……まあ、そうだな。ありがとう、愛華」

兄妹を始めるにあたって、こんなスタートの切り方では、きっと落第ものなのだと思う。

とてもではないが、お手本として紹介できるようなものではない。

だけど、きっとこれで良かった――僕たちには、これが良かった。

この先もきっと、色々と思い悩みはするだろう。言葉で言うほど、家族になるというのは、簡単なことではない。

それに一つずつ真剣に向き合って、ぶつかって、そうして今日みたいに一歩ずつ進んでいければ、それで良い。

それが、兄妹というものなのだと思うから。

×　　×　　×

「兄さんでも食べられるような物を作りたいと思います」

「まるで僕が偏食家みたいな言い方！　好き嫌いはしない方なんだけどなあ」

「邑楽《おうら》くんは、何でも美味しいって言ってくれるからねぇ。そういうところ、わたし好きだよ」

「何でもも何も、まだ一、二回しか一緒に食事した覚えがないんだが……あれ⁉　神騙⁉　なんで⁉」

　翌日。つまりは土曜日。基本的に家に寄り付かない僕でも、普通に好ましいと思えるお休みの日。

　嫌いというほどではないが、好きであるとは言い難《がた》い学校に向かわなくても済むのだから、それも当然だろう。

　自由な時間はあればあるほど良い。僕はそう思うタイプの人間で、今朝も旭さんと沙苗さんを見送った後、今日はどこに出かけようかと画策していたところを、愛華に捕まったのであった。

いつもであれば、適当な理由をつけて逃げ隠れするところであるのだが、流石《さすが》にもうそうする訳にはいかない。

歪《いびつ》であろうとも、自然でなかろうとも、互いに歩み寄ろうとすれば、きっとちゃんと兄妹にはなれるはずだから。

そのためには、多少なりとも一緒の時間を過ごした方が良い――なんて、柄にもないことを考えた結果、どこからか現れた神騙が、愛華と並んで僕を待ち受けていたのだった。

おい……これは一体、どういうことだ…？

この女、何を当たり前みたいに、人の家に上がり込んでいるんだ……。

すわ不法侵入か？　とも思ったが、神騙は頭がおかしいだけで、法に反するタイプの非常識ヒューマンではない。

法には触れない、電波なだけの女である。いや十分ヤバいんだけど……。

まあ、愛華が招いたと考えるのが安牌《あんぱい》か。何で招いちゃったのかしら……と頭痛がしてくるところではあるが。

早速今日が厄日になる予感がして、ブルリと身体《からだ》を震わせた。

「いや、でも何で神騙がいるんだ……？　誰かに教えてもらう必要なんてないくらい、愛

華は料理出来るだろ」

「でも、それだと兄さんは食べられないのでしょう？　でしたら、食べてもらえたことのある人に、ご教示願うのは当然のことかと思いますが？」

「…………何で僕が、神騙の弁当は食えたこと知ってるんですかね……」

「えへへ、自慢しちゃった」

「自慢されました」

陽気を発しているかの如《ごと》く、ほがらかな笑みを浮かべる神騙と、ギュゥゥとお玉を握りしめ、真冬の如き視線を当ててくる愛華。

わぁ、春と冬が同居してるみたいだなぁと、現実逃避気味に思った。

「そういう訳で、腹立たしかったので、せめて力を借りようとした次第です」

「腹立たしいって……」

その割には、冷静な判断をしている愛華であった。強《したた》かだなあ、と思う反面、妙な勘違いをされてそうだな、とも思う。

「悪いんだけど、多分味の問題じゃないぞ……ていうか、もしそうだとしたら僕、マジで最悪なやつになっちゃうからね？」

「ええ、もちろん分かっています。ですから、わざわざ神騙先輩を招いたんですよ、兄さん」

単に好みの問題でしかないというのなら、レシピだけで十分でしょう。と愛華が当然かのように言う。

つまり……どういうことだ？

分かったようで全く分からなかったので、取り敢《あ》えず分かったような顔をして頷《うなず》いておけば、呆《あき》れたように神騙が笑う。

「要するに、きみの愛するお嫁さんと一緒に作った料理なら、きみも食べられるんじゃないかって話をしてるんだよ」

「なるほどな、別に神騙は嫁でも恋人でもないから、諦めなさい、愛華」

「そうなると、他人であればあるほど、兄さんはご飯を食べられるということになるのですが……」

「まあ、あながち間違っちゃいないだろ」

実際、コンビニ弁当なんかは全然食べられる訳だしな。学食だって、気を付けていれば、然程《さほど》問題にはならないくらいだし、外食は言わずもがなだ。

言ってしまえば、知っている人の手料理を——あるいは、この家の料理を、僕の身体は受け付けていなかった。

「でも、わたしが作ったお弁当が、一番美味《おい》しかったでしょ？」

「……ぐ、くそっ。そうですけど！　何か文句あるか⁉」

「えへへ、そこは認めてくれるの、きみらしくて好きだよ」

「神騙はどこら辺に〝らしさ〟を見出《みいだ》してるんだよ……」

「兄さん、デレデレしないでください。みっともないですよ」

「デレデレなんてしてたかなぁ……⁉」

神騙といると、微妙に理不尽さが上がる愛華《あいか》だった。もうね、シレッと足踏んでくるところとか超理不尽。

ぐりぐりとねじったりするのやめようね、普通に痛いから。

「何だ、僕が取られそうで嫉妬してるのか？」

「うっ、ぬぼれないでください！　なーくんの――兄さんのそういうところ、本ッ当に嫌いです！」

「逆に普段の僕はそこそこ好きなのか……」

「そ、そうやって軽口ばっかり飛び出してくるの、昔のなーくんみたい……いえ、本当に兄さんって感じがして、苛立《いらだ》ちます。叩《たた》いても良いですか？」

「もう叩いてるんだよなぁ」

僕に向かって、拳をポコポコ鳴らす愛華だった。可愛《かわい》らしい音の反面、普通に痛くて表情が歪《ゆが》む。

あんまり暴力を振るうの、お兄ちゃん良くないと思うな……。

僕に対してはそういうところ、昔っからアクティブなんだよな。

もう少しだけで良いので、僕にも普段のお淑《しと》やかさを発揮してみせて欲しかった。

どう思う？　ねぇ……と神騙《かんがたり》へと目を向ける。

そうすれば、そこにいたのは両頬を「むぅ～」っと膨らませる神騙だった。

珍しい——いや、珍しいと言えるほど、僕は神騙のことを、よく知ってはいないのだが——姿だった。

あからさまに不満そうに、それでいてなお可愛らしく、神騙は僕を見つめ返した。

「……ズルい」

「は？」

「わたしもきみに、もっと構ってもらいたい……」

「可愛い声と目で言うのやめろよ……ちょっと心がグラつくだろ」

うっかりコロッと、愛華みたいな扱いをしてしまいそうになる僕だった。

危ない危ない。

既にかなり心を許してしまっている――というか、神駒に対しては、むしろ心だけが、最初から勝手に全開になっている節がある僕である。

このまま流れに乗せられて、理性が押し負けてしまったら、その後はもう、ズブズブと沼にハマってしまうだけになるだろう。

そ、それだけは嫌だ……。

このまま何も分からず、何も分からん女に絆《ほだ》されるのは、ぶっちゃけどうかと思う……。

「まあでも、神駒のご飯が食べられるってのは、僕としてもラッキーだな。昼飯になるんだろ？　楽しみにしてる」

「きみ、本当にそういうところだよ……」

「いやだから、どういうところだよ……」

非難するような目をしているくせに、頰は嬉《うれ》し気に緩んでいる神駒だった。

せめて感情と言葉は一致させてくれないか、という僕の小言は、やはり届くことはなかったが、神駒も代わりに（代わりにと言うのも、おかしな話ではあるが）文句を言うターンが終わったようで、空気を仕切り直すように両手を軽く叩いて合わせる。

「さて、と。そうしたら早速、キッチンお借りしちゃおうかな。大丈夫？　愛華ちゃん」

「はい、問題ありません。よろしくお願いいたします、神駒先輩っ」

「あはは、そんなに畏《かしこ》まらなくても良いのに。だってわたしはもう、お義姉《ねえ》ちゃんなんだから、ね？」

「お、お義姉ちゃん……！」

「いや、あの、うん……」

だからシレッと僕の嫁に内定しようとするんじゃない！　だとか、愛華の義姉《あね》の座を狙おうとするな！　だとか、愛華も愛華ですんなり受け入れすぎだ！　だとか、言いたいことは山ほどあるのだが、もう何を言っても聞いてはくれなそうな雰囲気を察し、言いかけた言葉をそのまま宙に浮かせる僕であった。

完膚なきまでに黙殺された形である——そんな僕に、神騙は、

「それじゃあ、邑楽くんは居間で待っててね」

なんて風に、パチンと器用にウィンクを飛ばすのだった。

「全部、お任せしちゃって良いのか？　何なら出来ることがあれば、手伝ったりするけれど」

「それだと主旨がズレてしまうでしょう……兄さんは昭和の亭主関白な家のお父さんのように、家事は全部任せて、ソファで寝そべってテレビでも見ていれば良いんです」

「いや言い方言い方！　言い方が最悪すぎるでしょう？　もしかして僕って、そんなやつ

に見えてんのー!?」

「あははっ、大丈夫だよ。きみは結構、亭主関白とは程遠い振る舞いしてたから」

「よし、分かった。僕が悪かったから、愛華の前でまで電波を受け取るのはやめてもらおうか」

自身の劣勢を敏感に察し、撤退を選択させてもらうことにした。即座に後退《あとずさ》りをし、流れるように背を向けて居間へとダッシュである。

つーか、亭主関白じゃなかったら何? 神騙の言う前世だと、逆にかかあ天下だったってことなのかしら……。

神騙の妄想は止《とど》まるところを知らないな、と身を震わせながら、ソファへと身を沈ませる。

しかし、まあ、アレだな。

さながら流行のweb小説のように追放された訳だが、やることも特にないので、居間でちんまりと、一人寂しくぼんやりとする男子高校生の図が練成されてしまっていた。

いや、いいや。

義理の妹と同級生の美少女が、何と僕の為《ため》にわざわざ二人で昼食を用意してくれている——等と言ってしまえば、実に羨ましい限りというか、創作でしか許されないような展開なのではないかと思われるかもしれないし、実際のところ、僕もそう思っているところではあるし、そう考えるのであれば、寂しいという言葉はあんまり似合わないのかもしれない。

だがしかし、義理の妹の後ろに、『(和解〈仮〉をしたばかりであり、今も微妙にぎこちない)』と付ければ、家庭の複雑さが目に見えるようだし、同級生の美少女の後ろに、『(僕の前世の嫁であると言い張る、頭のおかしい電波女)』と付けるだけで、不穏さが漂うというものであった。

何でこう、素直に喜べる感じじゃなくなっちゃうんでしょうか……世界はもう少し、僕に優しくしてくれても良いのではないかと、文句の一つでも言いたいところではあったが、よくよく考えてもみれば、半分以上は僕の自己責任である為、何も言えずに口を噤《つぐ》むしかなかった。

キッチンから聞こえてくる、二人の楽しげな声をBGMに、そんなことを考えながら、ぼんやりと天井を見つめて待機する。

こういう時、趣味の一つでもあれば良かったのかもしれないが、残念ながら、僕が趣味にしていると声を大にして言えるのは読書くらいなものであるし、読み止《さ》しの小説が無い訳ではないが、それはもう少し落ち着いている時に、一人でゆっくりと読みたかった。

愛華と神騙のことだから、それなりの手間をかけるのだろうが、それでも読み切るまでには足りないだろう。

僕は、出来れば小説は、一度に頭から最後まで読みたい派だった。

それが出来ないのならば、せめて半分ずつである。

そんな訳で、ぽっかりと空いた穴の如《ごと》く与えられた、限定的な暇を前に、文明の利器を取り出した。そう、スマホだね。

あまりソシャゲの類はやらないのだが、この際一つくらいはやってみても良いのかもしれない——なんて思えば、ポコンと珍しく、メッセージアプリがメッセージを受信した。

いや本当、マジで珍しい。僕の持ってる連絡先は、片手で数えられる程度であると言えば、そのレア度も分かるというものだろう。

愛華は今キッチンにいるし、旭《あさひ》さんと沙苗《さなえ》さんからこの時間、メッセージが送られてくることはまずない。

となれば、消去法であの人しかいない——そう、我がクラスの担任教師、高槻《たかつき》先生だね。

かつて、あまりの友達のいなさを哀れまれ、シレッと連絡先を交換させられてから、僕らは時折連絡を取り合っている。

那月《なつき》と表示されたアイコンを見て、そういえばあの人そんな名前だったな……と思いながらメッセージ欄を開いた。

『米とパン』

『パン』

『りょ』

終了。

一見、ただの暗号のようだが、これは今日の飯どっちが良いと思う？　の略語である。

条件反射でパンと送ってしまったのだが、お昼ご飯であることを考えれば、米の方が良かったかもしれないな……等と思いつつも、『晩、肉と魚』と来たメッセージに『魚』と返す。

こっちは多分、晩飯どっちが良いと思う？　の略語だ。

まあ、連絡を取り合っていると言っても、こんな感じである。

教師でありながら、形としては友人の方が近いのかもしれない。僕と高槻先生の関係とはそういう、よく分からないものであった。

学校内では教師と生徒ではあるものの、外に出てしまえば、その関係は酷《ひど》く曖昧なものとなる。

そう考えれば、よく分からん関係ばかり築いているな、と思う。

義理の妹に、義理の親。友達のような教師に、電波美少女だ。

義理の家族はまだしも、後者二つは何なんだよ……。家の外で、まともな人間関係を築けない疑惑がある僕だった。

自分でもどうかと思うコミュ力の欠如である……。

生きていくうえで、やっぱりその辺のスキルは必須だよな……と一人唸《うな》っていれば、不意に首に、スルリと腕を回された。

ふわりと香る、シャンプーの香り。揺れた亜麻色の髪が、それが誰かを僕に教えていた。

「暇そうにしてるねぇ、邑楽《おうら》くん」

「実際、暇だからな。つーか、そっちはもう良いのか？」

「ううん、まだまだだよ。でも、あんまり放っておくときみ、拗《す》ねちゃうから」

「神騙は僕を、小学生か何かだと思ってないか……⁉」

こんなことで拗ねてたらボッチやっていける訳ないだろ！　と熱弁しかけてしまった。

危ない危ない。

コホン、と咳払《せきばら》いをして誤魔化せば、神騙が「うん……？」と訝《いぶか》し気な声を漏らした。

「邑楽くん、それって……高槻先生？」

「ん？　ああ、うん、そう。高槻先生だよ」

「どうして邑楽くんが、高槻先生と連絡取り合ってるの……⁉」

「どうしてって言われると、まあ、成り行きで……？」

あるいは同情されたと言っても良いかもしれないが。まあ、そこまで大した理由ではない。

何だって、そんなものだろう。取ってる連絡だって、この通り大したものじゃないんだし。

「わ、わたしだって、邑楽くんの連絡先知らないのに……！」

「ん、じゃあ、はい」

「‼──きみね、こういう個人情報の塊を、すぐ他人に預けちゃダメだよ……⁉」

「うん、そうだな。僕も今それを超実感してるよ」

ポン、と無造作に預けたスマホは、神騙《かんがたり》の手によってガッチリと握られていた。このまま一生返ってこないんじゃないかと、ちょっと不安になるレベルである。

……あの、返してくれますよね？　ね？　神騙さん？　ねぇ……聞いてる？

「ていうか、ちょっと待って？　え？　邑楽くん、何で高槻先生と四時間とか電話してるの⁉　しかも深夜に！　結構毎日してる時期あるよ⁉」

「ああ、それな。高槻先生が前カレに逃げられた時のやつだよ」

今でこそ、売れないヒモのバンドマンを飼っている高槻先生ではあるが、その前は自称プロゲーマー志望の無職男を飼っていた。

去年の冬に蒸発したのだが、それによって高槻先生が荒れていた時期のことである。

今思えば、僕もまあよく付き合った方だよな。

「きみ、やっぱりお人好《ひとよ》しすぎるよ……」

「いや別に、誰にだってこういう対応する訳じゃないからね？」

薄情なつもりもないが、お人好しであるつもりもない。

良くも悪くも世話になっている人だから、相手をしただけだ。

何だってそうであるとは思うが、積み重ねの有無によって、対応は変わってくる——これでも高槻先生とは、もう一年以上の付き合いだから。

どうしたって、自然と気安くはなるだろう。

「相変わらず、ズルい言い方するなあ……そう言われちゃったら、何にも言えないじゃない」

「何か勝手に反撃を受けてるな……」

知らず知らずのうちに、カウンターを返せていたらしい。

次は自覚的に出来たら良いなと思っていれば、右手をそっと取られる。

「はい、今度からはわたし以外に、軽々と預けちゃダメだからねっ」

「ちゃっかり自分は対象外にしようとしてんじゃねぇよ……」

言いながら受け取ったスマホには、『かがり』という連絡先が追加されていた。

ポロンッという音と共に、スタンプが送られる。

「毎日連絡するからね、無視しちゃ嫌だよ？」

「お前は面倒な彼女かよ……」

「ぶっぶー、彼女じゃなくて、お嫁さんでした！」

「全然違うんだが⁉　まるで当然みたいな顔で言うのはやめろ！」

追加されたばかりの連絡先を、今すぐ消してやろうとかという思考が過《よぎ》るが、楽し気にキッチンに戻る神駒を見ていると、その気も失《う》せるというものであった。

何だかドッと疲れてしまい、深くソファへと身体《からだ》を沈め直す。

それから片手に握ったスマホに表示された、メッセージアプリの連絡先一覧を眺める。

何度確かめてみても、増えた連絡先はそのままで、心なしかスマホも重くなったような気さえする。

そう思うと何だか持っていられなくなって、隣に置いてから軽く身体を倒した。

眠るという訳ではない。ただ固く目を瞑《つぶ》って、心の波が落ち着くのを待つことにした。

さて、どれだけそうしていただろうか。

キュゥと僕に似つかわしくない、可愛《かわい》らしく鳴ったお腹《なか》に合わせるように、神騙が、

「おまたせ、邑楽くん」

と僕を呼んだ。

どうにもちょうど良く、出来上がったらしい——実は見計らっていたのではないかと疑ってしまうくらい、完璧なタイミングである。

「はい、兄さん。どうぞ召し上がってください」

「おぉ……い、いただきます」

席につくと、些《いささ》か以上に緊張した面持ちで、愛華《あいか》がワンプレートを持ってきてくれた。

それを前にして、色んな感情が混ざり合った結果、何だか微妙な気持ちで嘆息を漏らしながら、手と手を合わせる。

今朝炊かれたばかりの白米に、先程作られたと思われる、豆腐とわかめの味噌汁《みそしる》。

そして、先程焼き上がったのであろう鮭《さけ》に、大根おろしに卵焼き。

ついでに小皿に筑前煮《ちくぜんに》がこっそり盛られ、おまけのように付随していた。

些か以上に手をかけすぎではないかと思うものの、普通に美味《おい》しそうではあった。恐れ多くも、見た目だけで点数を付けるのであれば、今のところ文句なしの百点満点だろう。

お昼ご飯というか、ちゃんとした朝ご飯じゃないの？　って感じではあるのだが、まあその辺は人それぞれだしな。

というか、その辺まで愛華は考えているだろうから、むしろ朝をサクッといつも通り、菓子パン一つで済ませた僕に対する抗議なのかもしれなかった。

コスパがね、結構良いんだよ……という話はもう散々したので、シンプルに気に入らないのだろう。

それはそれで構わない。何でもかんでも同じ方向を向くのが、兄妹《きょうだい》という訳でもあるまいし。

もっと言ってしまえば、家族だろうが何だろうが、突き詰めれば、どうやったって他人な訳だしな——なんて、すぐにこういう風に考えてしまうのが、僕の良くないところなのかもしれないのだが。

神騙なんかに知られれば、「きみは相変わらずヒネてるなあ」と、訳知り顔で微笑《ほほえ》まれそうなものである。……我ながら、妄想にしては解像度が高すぎて気持ち悪いな。

つーか、何で神騙で喩《たと》えてしまったんだ。周りに喩えられるような人がいなさすぎるからですね、はい。

しかし、まあ、どうしたって緊張はしてしまう——と、視線を目の前の昼食に戻して、そう思う。

あんまり食べられる自信がなかった。まだ一口も食べてすらいないのだから、試してみないと分からないところではあるのだが、こうして改めて、ちゃんとした場を設けられてしまうと、どうしたって躊躇《ためら》いは生まれてしまうものだ。

ていうかね、マジマジと見てくる二人が超怖いんだよ。一人にさせてくれとは言わないが、せめてそっぽとか向いてくれないかしら……。

こんなの、僕じゃなくても緊張しちゃうから。しかも、受け付けなかったら空気は最悪である。

時間が経《た》てば経つほど、焦《あせ》りと緊張は加速していた。かといって、それを止める手段は一つしかない。

……仕方がない、か。ここは腹を括《くく》ろう。

なに、これでも沙苗《さなえ》さんのご飯だって、気合で飲み込めているのだ。

同じ覚悟を以《もっ》てすれば、なんてことは無いはずである。

よし、いくぞ！　と箸を手に取れば、それより先に、

「もう、仕方ありませんね、兄さんは」

という、「仕方ない」という割には、震えている声が耳朶《じだ》を叩《たた》いた。

なに？　と思って前を見る。

そうすれば、顔を真っ赤に染め上げた愛華が、手をプルプルさせながら、箸を向けてきていた。

無論、武器として運用されている訳ではなく、れっきとした食べるための道具として運用されている……まあ、何だ。つまるところ――

「あ、あーん」

そういうことだった。

いや、そういうことだった、じゃないんだよ！

「……待て、愛華。お前は絶対に勘違いをしている」

「していません。兄さんがこうして食べさせてもらった、ということなら聞いていますが」

「何でもかんでもペラペラ喋《しゃべ》ってんじゃないぞ、神騙……！」

「えへへ、自慢したくって」

「いや普通、自慢にならないから……」

どちらかと言えば、僕が自慢する方と言って良いだろう。頭はアレでも、神騙は学校単位で有名な美少女なのだから。

学校で広まりでもしたら、いつ背中を刺されてもおかしくないくらいの、あるいは栄誉である。

まあ、それを言ってしまえば、愛華だって負けず劣らずな美少女であるのだが……。

この子は本当に、何を対抗しようとしているんだ……と一瞬、遠い目をしてしまった。

「食べることが出来た時と、条件は限りなく同じにしてから始めるのが一番だと、私も思いますので。兄さんはお気になさらず」

「あ、これ徐々に慣らしていって、最終的には普通に食べられるようにするとか、そういうアレなのか……」

思いの外かなり実験的なアレだった。

とはいえ、遊び心がある訳でも無いらしく、愛華は至って真剣な目をしている。顔は真っ赤だが。

「とにかく、ご飯くらいは自分で食べられ――」

「ダメ、ですか？　やっぱり私に食べさせてもらうのは、兄さんに……なーくんにとっては、不快でしょうか？」

「――ると思ったけど、妹に食べさせてもらうってのもありだなー！　折角、仲良くしようって言ったばっかりだもんな！　いい機会だろう！」

「きみは本当にチョロいなあ……」

喧《やかま》しすぎだった。

今必死に自分を納得させようとしているんだから、ちょっと黙っていて欲しいもんである。

無理筋でも力業でごり押すしかないんだよね。

これが『兄』か……と、全国のお兄ちゃんたちに、思わず畏敬の念を送る僕だった。

してやったり、という不敵な笑みを浮かべた愛華に、言葉を持たずに敗北宣言をした僕は、ズイッと近づけられたそれを、パクリと口に含んだ。

――瞬間、身体が嘔吐《おうと》の態勢へと入ろうとして、それを表に出さないよう飲み込もうとした。

脳みそが「これは違う！」と叫んでいるような、もうすっかり慣れてしまった反応が駆け抜けて、けれども愛華の不安気な顔が目に入ったと同時に、不思議とそれらは落ち着いた。

モグモグ咀嚼《そしゃく》すると、ちょっぴり甘く味付けされた鮭に、何故《なぜ》だか懐《なつ》かしい感覚を覚えながらも、普通に美味しいと感じられる。

「んむ……美味しい。食べられるな――うん、食べられる。正直、ちょっとヤバいかと思ったけど、杞憂《きゆう》だったな」

「ほ、本当ですか……？　嘘《うそ》は嫌ですよ、兄さん。兄さんが、ただ我慢したのなら、正直にそう言ってください」

「本当だよ。だいたい、僕は我慢が苦手な人間なんだ。ちゃんと、美味しかった」

「え、えへへ、それなら良かったです」

硬い表情を崩し、ふわりと緩める愛華。

それは普段の愛華からはもう、あまり感じ取れなくなった幼さが見て取れて、思わずこっちまで頬が緩んだ。

「まあでも、レシピはわたしの――つまり、きみのお嫁さん直伝のものなんだけどねっ」

「急に激しい自己主張してきたな……ああ、もう、すぐに食わせようとしてくるな！　自分で食べられるっての！」

×　　×　　×

「兄さんはともかく、神騙《かんがたり》先輩は部活にも、生徒会にも入っていないんですね」

まあ、それなりに色々とあったお昼ご飯を済ませ、始まった土曜日の午後。

愛華的にも、神騙的にも、もちろん僕的にも、今日の目的は達成されたという雰囲気が出ていたのだが、休日そのものは始まったばかりである。

ここで神騙に、「用が無くなったんなら帰れ」と言うほど僕も薄情ではないし、だからと言って、「それじゃあ僕は出かけてくるから、後は二人でごゆっくり」をするのも憚《はばか》られるような状況だった。

まあ、僕としては何か特別な用事があった訳でも無いし、のんべんだらりと過ごすのは別に構わないのだが……。

それはそれとして、自分以外の人間と、こうして同じ空間で、まったりと時間を過ごそうとするのは、実に一年ぶりであり、どこかむず痒《がゆ》い思いだった。

こういう時ってどう話すんだっけ――というか、家族との会話ってどうするものなんだ？

ヤバい、考え始めたらマジで分かんないぞ。え？　参ったな、本当に分からない。

父さんと母さんが生きていた頃のことを思い出そうとするも、記憶は靄《もや》がかかっているようで、それでも粘ってみたら、段々と具合が悪くなってきた。

僕の身体《からだ》、容易に変調が起こりすぎだろ……と凹《へこ》みかけていたところで、愛華《あいか》が「そういえば」と神騙へ問いかけたのだった。

ちなみにその神騙は、僕の真横に座っている。

というか、ソファに座る僕を、挟むようにして二人が座ってんだよな。

完全にラッシュ時の電車内みたいになっていた。

他にも置いてある椅子さんたちが、悲し気にこっちを見ている気がするんですけど……。

「何故ですか？　神騙先輩はアレほど、生徒会の活動に熱心でしたのに」

「熱心だったから、かなあ。あの時は部活もやってたのもあったし、色々燃え尽きた……って訳じゃないけど、高校では良いかなって、断っちゃった」

「その割には、色んな部活の助《すけ》っ人《と》として活躍してるじゃないか。僕でも知ってるくらい、有名だぞ。神騙かがりは何をやらせても一流ってな」

「褒めすぎだよ～。それに、本当に助っ人としてしか働いてないから、みんなが大袈裟《おおげさ》にしてるだけなんだよ？」

あんまり噂《うわさ》を信じすぎるのは良くないよ、と。メッと怒られてしまったのだが、流石《さすが》にこれに関しては、神騙が謙遜しすぎていると言わざるを得ないだろう。

いや、まあ、確かに、噂なんてものは尾ひれはひれが付いて上等みたいなものではあるし、実際僕だって、何でもかんでも信じている訳ではないが、神騙のものに関しては、一定以上の信憑《しんぴょう》性があった。

というか、そうでもなければ『開校以来の才媛』だなんて呼ばれる訳もなく、そもそも僕はこの目で、神騙が大活躍しているのを見たことがある。

去年の体育祭で、暴れに暴れ回っていたのを、横目でちらりと見たが、割と印象的だった。

大袈裟だなんてとんでもない。むしろ、真っ当な評価とも言えた。

頭のぶっ飛び具合も一流だしな。もしかして、その辺でメリット・デメリットのバランスをとっているのか?

だとしたら、二次災害(当然、僕のことである)まで起こっているので、もう少し遠慮していただきたかった。

自己完結して欲しいよな、本当によ。

「でも、部活のことを言うなら、わたしは邑楽《おうら》くんが部活に入ってないことの方が、よっぽど驚きだけどね」

「それは、そうですね。私も疑問に思っていました。どうしてですか? 兄さん」

「え? いや、別にそんな、大した理由じゃないんだが……」

というか、むしろ理由なんて特にない、と言った方が正しいだろう。

中学の頃に、何かしらの部活に入っていれば、引き続き同じ部活を選ぶという選択肢もあっただろうが、僕は中学の頃も帰宅部だった。

従って、ある意味では引き続き、帰宅部を選んだと言っても良いのかもしれない――まあ、そうでなくとも、運動はあまり好まないしな。

であれば、文化系の部活でも良いだろうが、あまり興味を引かれるものがなかった。

まあ、そもそも集団での活動に慣れていないのだから、それも当然と言えば、当然なのかもしれないのだが。

このままだと立派な社会不適合者になってしまいそうだなと、危機感を抱きかける僕だった。

だから、僕としてはむしろ、何で意外に思われていたのか不思議なくらいである。家に寄り付かないようにしていたから？　それはそう。

「それに、まあ、入ってないって言うか、辞めただけだからな。一年の頃は入ってたよ

……三週間くらい」

「一か月にも満たなかったのですね……流石、兄さんです」

「集団行動が苦手なのは知ってたつもりだったけど、輪をかけてダメになってるなあ

……」

「おい、しみじみとした雰囲気を出しながら、二人して僕を詰《なじ》るのはよせ！　変なコンビ

ネーション発揮しやがって……！　だいたい、アレは僕だけが悪かった訳じゃない！」

部活側にも問題があったんだよ――いや、その部活を選んだお前が悪いと言われれば、そりゃまあ全く以《もっ》てその通りであり、反論の一つも出来ないところではあるのだが……。

それにしたって、僕だけが悪いというのは横暴というものだろう。

何事にも理由があるというのなら、原因は等分されるべきである。

つまり僕は悪くない！

「それでは、何が悪かったというのですか？　もちろん、兄さんの偏見と卑屈な性格が起因してのものではありませんよね？」

「いや怖い怖い！　原因の詰め方に棘《とげ》がありすぎだろ！　……そうだな、まずは部長の頭がおかしかった、というところがまずダメだったな」

「頭がおかしいって……そんな人、そうそういるかなあ」

「う〜ん、実は僕もビックリなんだけど、意外といるらしいんだよね」

例えば、そう。如何《いか》にも「わたしは普通ですよ？」みたいな面をしながら僕の真横に座り、のほほんとしている神騙《おまえ》とかかな。

ベクトルは違えども、頭のおかしさだけは一級品だった。

「後はまあ、部活そのものがダメだったな。オカルト研究部って言うんだけど」

「その類の活動で、ちゃんと部活扱いされてるところがあったことに、わたしは驚きだよ……」

「というか、そもそもそんな部活が存在していること自体、少し信じられないのですが……」

「おいおい、僕を疑うって言うのか？　これでも部活動の一環として、深夜の学校に忍び込んで屋上に魔法陣描いたことだってあるんだぜ？」

「それは本当に何でなの⁉」

「何でなんだろうなあ」

いや本当に。何であんなことをする羽目になったのか、よく覚えていなかった。多分、ものすげぇどうでも良い理由だったんだと思う。

「まあ、そんな感じにヤバい部活だったから、徐々に顔を見せなくなったって言うのが、正しいな」

「それじゃあ、まだ一応、その部活に所属してはいるんだ？」

「いや、シレッと退部届は出させてもらった。まあ、そのお陰で部長とは、鬼ごっこする羽目になったんだけど……」

僕のことを「我が後継者！」とか呼ぶタイプの部長だったからな。マジで怖かった。

しばらく学校に通うのを控えようか、本気で検討したほどである。

いや、まあ、そんな部活に少しの間だけだとしても所属していたお陰で、神騙にはこうして多少なりとも、普通に接することが出来ているのかもしれないのだが……。

それが良いことなのか、悪いことなのかは、判断に困るところだった。

感情的なことを言えば、良かった訳ねぇだろって感じであるのだが、神騙がいなければ、こうして愛華との距離を縮められることは、恐らく無かった——あったとしても、きっと随分先だったろうことを思えば、一概に「悪かった」とは言えないのかもしれない。

無論、「だから良かった」なんて、軽々しく言えないところでもあるのだが。

「あはは、よしよし。本当に怖かったんだねぇ……」

「当たり前のように頭を撫《な》でるんじゃない、ちょっと心地よさを感じちゃっただろうが」

「きみ、撫でられるの好きだもんねぇ。膝枕もする？」

「する訳ないだろ……ん、え、なに？　愛華？　何でお前まで僕を撫でているんだ」

「わ、私の膝も、空いていますよ……？」

「いや、だからしないって言ってるだろ……!?」

あんまり僕を子供扱いするなーッ！　と叫ぶ羽目になる僕だった。つーか、神騙はまだしも、愛華は何なんだよ。

およそ妹らしくなかった。いや、義理ではあるんだけど、そういうことではなくて……。どっちかって言うと、それは姉がやることなんだよね。姉とかいたことないけど、流れ的にはそうだろう。

「だいたいな、膝枕だって言うなら、されるのはいつだって愛華だったろうが。いっつもグースカ寝やがっ――」

「兄さん！！！」

「うわーっ！　分かった分かった、僕が悪かっ痛い痛い！　ふくらはぎを抓《つね》るな、愛華！」

「むぅ……ズルいなあ。わたしも邑楽くんに、膝枕してもらいたいよ？」

「変なところで謎の嫉妬をするのもやめろ！」

段々と話が取っ散らかり、収拾がつかなくなってきたのを感じながら、ぼんやりと思う。

うーん、やっぱり今日、厄日だな……。

幕間《まくあい》　凪宇良邑楽という、前世の夫

例えば、運命というものがあるとして、果たしてそれは、どういう形をしているのだろう。

あるいはそれに出会った時に、それが運命であると、果たして人は——わたしは、すぐに気付くことが出来るのだろうか。

そんなことを考えながら、生きてきた人生だった。

そんなことだけを、ただひたすらに不安に思って、歩んできた人生だった。

分からなかったらどうしよう、気付けなかったらどうしよう——わたしが、神騙《かんがたり》かがりとして生を受けてから、幾度となく思い、抱えてきた最大の不安がそれである。

誰にも言える訳がなかった。前世の記憶があるだなんて、まさか親にだって、言えるはずもないのだから。

自分のものではないのに、自分のものであると、そう確信出来てしまう、もう一人の自分の記憶。

一度ならず何度でも、その記憶を疑いはした——それは本当に、わたしの記憶であるのかと。

真実一つ前の人生で、歩んできた道のりなのかと、何度だって疑いはして、最終的にはやはり、わたしの記憶であると。

これはわたしの人生そのものであると、認めざるを得なかった。その上で、前世の記憶が与えられたままの、この人生は何のためにあるのだろうと、そう考えてきた。

そして、その上で残念なことではあるが、この先もきっと、その答えは出ないのだろうと、そう思っていた——だから。

だから、高校二年生になって、初めてのクラス替えを終えたわたしの隣にやってきた、凪宇良邑楽《なぎうら》を見た瞬間、稲妻でも落ちてきたかのような衝撃を覚えたことを、わたしは生涯忘れることはないだろう。

——いや、いいや。

きっと、次の人生でも、そのまた次の人生でも。ずっと、ずっと忘れることは、ないだろう。

×　　×　　×

一年二組の凪宇良邑楽《おうら》。あるいは、二年三組の凪宇良邑楽。

わたしは、隣の席にやってきた、その男子生徒のことは知らなかった。

これでも知人友人は多い方であるという自負があり、大袈裟《おおげさ》ではなく、大体の生徒の名前と顔は、頭に入っているつもりであったわたしにとって、それは多少の驚きを齎《もたら》すものだった。

どんな子なんだろう、と思う。せっかく隣の席になったのだ、仲良く出来たら良いな、と思う。

みんな仲良く、楽しく学校生活を送りたい。

前世の記憶があるわたしにとって、それは人生の目的とも言える指標だった。

前世におけるわたしの身体《からだ》は弱い方で、運動なんてした日には、体調を崩すのがお決まりだった。

だから、今こうして自由に外を歩き、身体を動かせることが、何よりも楽しく、かけがえのないものだった。

そんな日々を彩《いろど》るために、友人の存在は必要だ。そうでなくとも、知り合いは多い方が、たくさんの可能性に恵まれる。

だから、凪宇良邑楽という少年とも、良き隣人として、仲良くしたいとそう思い、目を向けた——目を向けて、視界に捉えて、ピタリと身体を硬直させた。

知っている。わたしは彼のことを、誰よりもよく、知っている。

頭ではなく魂で、わたしはそのことを、一ミリのズレもなく理解した。

彼は——凪宇良邑楽は、わたしの旦那様だ。

何もおかしな電波をキャッチした訳でも無ければ、妄想を語り始めた訳でもない。

あのぼんやりとした表情に隠されてる、実は整った顔立ち！

内心でつらつらと、益体《やくたい》も無い文句を重ねていそうな雰囲気！

基本的に一人を好んで行動してそうな風体《ふうてい》！

何でも斜に構えて世の中を見てそうな目つきの悪さ！

そして何よりも、心が彼を、かつて——いや、いいや、今も愛している人であると、そう叫んでいた。

鼓動が跳ね上がる、頬が上気して、心が際限なく躍り出す。

会いたかった。ずっと、ずっと会いたくて、けれども諦めていた。

この世界は、都合よく進むような世界ではないことを、わたしは誰よりも知っていたから。

せめて、前世の記憶を持ち越せただけでも奇跡なのだろうと、そう思うことで抑え込んでいた感情が、爆発寸前まで膨れ上がる。

早く言葉を交わしたい、早く触れ合いたい、早く互いを確かめ合いたい。

次々と浮かんでくる思いに、理性で蓋をする。

まだだ、まだ慌てる時じゃない。

落ち着け、落ち着きなさい、神騙かがり！

まだパッと見ただけよ、勘違いの可能性は――九十九％有り得ないけれど！　それでも一％可能性が残っている！

観察しなければならない。一歩踏み込むための確信が……言ってしまえば、免罪符が欲しい。

だから、彼がやっと隣に来たのに合わせて立ち上がり、そっと頰に触れた。

吐息が触れ合うような距離にまで顔を近づけて、愛《いと》しさすら感じる瞳を覗《のぞ》き込む。

触れてる指先から、懐《なつ》かしい温かみを覚える。

ああ、彼だ。彼なんだ。

思うと同時に、言葉は零《こぼ》れ落ちた。

「見つけ……なに？」

戸惑った様子の邑楽くんに、感情のままに笑みを向ける。

それから思わず手を取って、こらえきれない感情の一端を、言葉にしてみせた。

「お、おぉ……ヤバい女だ。大丈夫？　いい精神科とか紹介しようか？」

だから、返ってきた言葉に、涙さえ浮かぶようだった。

何故《なぜ》ならそれは、わたしの知っている――わたしの求めた彼の言葉、そのものだったのだから。

思わず抱き着いてしまって、遅れて彼が、前世からそうされるのが苦手だったことを思い出したくらいだった――その後は、もうトントン拍子で事が進んだと言っても良い。

ざわつく教室の中、顔を真っ赤にしながらも、どこか鋭い視線をわたしにぶつける彼。

授業中でも、いっそ失礼なくらい人を疑う目を向けてくるくせに、何だかんだと構ってくれる彼。

その一挙手一投足があまりに懐かしくて、けれども眩《まぶ》しいくらい新鮮だった。

――そう、新鮮だったのだ。

人は変わるものだ。

それは生きていてもそうなのだから、一度死んで、生まれ変わったとも言えるわたしたちなんて……わたしたちなんて、もっとそうだろう。

だから、端的に言えば、わたしは不安になった。

我ながら情緒が乱高下しているなとも思うが、これぱっかりはどうしようもない——何せ、生まれてからずっと隣にあった不安なのである。

わたしは間違っていないか——運命を、見間違えてはいないだろうか。

積み上げるように膨れ上がる不安のまま、お昼休みに突入すれば、いつの間にやら彼は姿を消していた。

どこに行ったのだろうか。

浮かんだ疑問への答えは、すぐに出た。

彼であるのなら、きっとあの場所にいる。

——東京都立多々良野《たたらの》高校の四階。東側の隅にある小さな教室。

そこはかつて、とある不思議な部活動に使われていた部室だった。

とてもではないが覚えきれないほどの生徒がいて、知らない先生がいるくらい教師も数が多い、そんな昔々の時代のこと。

その部活は、その時代でさえもひっそりと、細々とした活動を行っていた。

『あん？　一年か、迷子……って顔じゃないな。何だ、帰りたくなくて、学校をうろつきでもしてたか？』

けれども、そんな場所が、かつてのわたしにとって、何よりも特別な場所だった。

言ってしまえばそれは、わたしが初めて、自分の運命と出会った、思い出の教室。

『それなら、お前は正解を引いた——ここは帰宅しない部。帰りたくない生徒が駄弁《だべ》ってギリまで粘る場所だ、他の生徒には内緒な？』

だから分かった。見当がついた。

彼がいなくなった時、どこにいるのかを、考えなくてもすぐに思い当たった——同時にこれは、運命の再確認だと思った。

少しだけ高鳴る鼓動と不安をそのままに、階段を駆け上がる。

いつかの記憶とあまり変わらない廊下を抜けて、最奥《さいおう》にある教室の扉へと手をかける。

そうして静かに扉を開けば、やっぱりそこには彼がいて。

思わず涙が出そうになったのに、邑楽くんはあんまりにも下らない、彼らしいことを呟《つぶや》くものだから、思わず声をかけてしまった。

「うわー……わたしは好きだけど、そういう一人でポツリと呟いてニヒルに笑うの、あんまり似合ってないからやめた方が良いよ、邑楽くん」

言葉が届くのと同時に、羞恥に頬を染めた彼があんまりにも可愛《かわい》くて、思わず笑みが零れてしまったのは内緒だ。

エピローグ　前世と、今世

前世とは。

たった二文字でありながらも、今日に至るまで、僕が壊れない玩具《おもちゃ》の如《ごと》く振り回される原因となった単語であり、今なお僕の心を揺り動かすもの。

ある人生を——僕をベースに考えた場合、今の僕から見た、一つ前の人生。

今の自分自身ではないものの、間違いなく自分自身のものである人生……記憶、記録、経験。

普通に考えなくとも、スピリチュアルというか、神秘的というか、まあ嘘《うそ》っぽい、フィクションに寄り添ったものであることは明確で、現代において、おおよそ真面目腐って使うことはない単語。

ぶっちゃけ、設定としての魅力を感じないことはないが、しかし信じる価値はなかったし、何ならこうやって、ぼんやりとでも考えるほどのものではない。

だというのに、何故こんなにも真剣に思考を回しているのかと言えば、そりゃもちろん、神騙《かんがたり》が原因である。

神騙――神騙かがり。

多々良野高校二年生。文武両道を地でいきながらも、厭味《いやみ》ったらしくはなく、余程性格の悪い見方をしなければ、欠点なんてそうそう見つからないような、嘘みたいな完璧美少女。

言ってしまえば高嶺《たかね》の花で、嫌な言い方をすれば、別の世界の住人。

僕みたいな人間は、挨拶するくらいが精々でしかなかったような少女――そんな神騙が、頭のおかしい人間扱いされるのも構わず、詰め寄ってくるというのは、言葉以上にデタメを言っている訳ではないという証拠でもあるように思えた。

人は一人では生きられない。だからこそ、人というのは、人からの評価で成り立つものなのである。

誰だって、生まれてから意識的にでも、無意識的にでも、それらを積み重ねるもので、だからこそ信用に足るものである。

けれども神騙がやったことは、遥《はる》か高くまで積み上げたそれを、一撃で蹴り飛ばしたようなことだった。

しかし、だからこそ、神騙の言葉に冗談は混ざっておらず、神騙の行動は嘘っぱちではないという証左でもあった。

まあ、未《いま》だに大人数でグルになって、僕を騙《だま》している……なんて卑屈な考えが浮かばないでもないのだが、まさか僕みたいなのに、そこまで大がかりなことはしないだろうとも思う。

それに、神騙はそんなことをする少女ではない。

それは、『噂《うわさ》通りの完璧美少女なのだから』という理由ではなく、こうして直《じか》に接して見えてきた、理解出来てきた彼女の側面から弾《はじ》き出した答えだ。

優しくはあるが、多少の意地悪さも兼ね備えていて。

基本的に甘やかしてはくるが、必要なところで厳しくて。

頭がおかしいくせに、いやにこちらを見透かしてきて。

そして——そして時折、酷《ひど》く懐かしく感じる少女。

無論、だからと言って、それだけで信じられるようなものではない——前にも言ったが、客観的な証拠がないのであれば、僕は姿勢を変える気はない。

基本スタイルは『信じない』だし、それを理由に迫ってくるのであれば、やはり相手にしないようにするのが一番だろう。

それがきっと、最終的には僕の為《ため》に……僕が、傷つかない為に出来ることだから。

人を信頼するというのは、重大な選択であり、判断だ。

信じれば信じるほど、その人のことは大切になるし。

頼れば頼るほど、かけがえのない存在になる。

だけど、人というのはある日唐突に、前触れもなく消えてしまうものなのだ。

消えて、失《な》くなってしまうものなのだ。

失って初めて気づく大切なもの――だなんてよく言うけれど、しかし、本当にそうだと言うのなら、大切なものなんて最初から作らない方が良いに決まっている。

少なくとも、安易に作って良いものではないのだから。

だから、前世だなんて荒唐無稽な話を、僕が信じることはない。

それで良い――うん、これで良い。

よし、よし。大丈夫。これが僕だ。

これが、僕の在り方だ――なんて、冷静になって思い返してもみれば、言い訳にも等しい、すげぇ下らないことを考えていたなあ……と、寝惚《ねぼ》け眼《まなこ》を擦《こす》りながら思う放課後である。

ふあぁ、と小さく欠伸《あくび》をしながら、軽く伸びをする。外から響く運動部たちの声が、今日はバリバリの平日であることを、僕に再認識させる。

休みが終わればまた平日が来る。自然の摂理だね。

慌ただしかった土曜日も何とか過ぎ去って、何事もなく流れていった日曜日の後には、いつも通りの月曜日さんがやってきていた。

週の始まりだなんて言ってしまえば、口当たりだけはそこそこ良さそうなものではあるが、しかし月曜ほど多くの人間に嫌われている曜日もあるまい。

無論、それは僕も例外ではなく、今日はいつもよりも気分が乗らず、身も心ものっそりとしていて、やる気なんて探してもどこにも存在しなかった。

まあ、仕方ないよね。だって月曜日なんだもん。

そういう訳でおやすみなさいです……と、瞼《まぶた》を閉じたのが放課後、いつもの教室にやってきた頃であり。

そして目を覚ましたのが、とっくに夕陽《ゆうひ》は沈もうとしており、最終下校時刻を気にしなければならないくらい時間の経《た》った今であった！

は？　いや、おい、嘘だろ……。

え？　誰も起こしてくれなかったの……？　と思うが、まずこの教室を知る者が、僕を除けば神騙くらいなものであり——その神騙は、やはり教室内のどこにも見当たらなかった。

鞄《かばん》やノートだったりという、存在を仄《ほの》めかすようなものすらない。

本当であれば、今日も今日とて高槻《たかつき》先生の依頼をこなす予定であり、しかしその前に、神騙に少し予定があるというので、それが済むまで僕は、この教室で待機しているという話だった――のだが。

御覧の通りの有様《ありさま》である。スマホを見ても、メッセージの一つも来ていない。

起こしてくれるどころか、合流するどうこう以前の話だったらしい。

ま、こんなもんか、と思った。

元より、何が理由で絡まれていたのか分からない――こっちが納得できるような、真実味のある理由もなしに、ただ一方的に関わりを持たれていただけなのである。

ただ突然、あまりにも急に絡まれた。だから、それが無くなるのも突然であるのは、ある意味必然ではあるのだろう。

うーんと伸びをしながらそう考えて、少しだけショックを受けている自分がいることに気が付いた。

僕が思っていた以上に、僕は神騙に絆《ほだ》されていたらしい――まあそれも、ある意味では当たり前というか、むしろ絆されない方が無理だろって感じの相手だったのだから、どうしようもない。

僕がチョロいというか、神騙の圧が強すぎたのだ。そういうことにしておこう。

どうせもう、大して関わることはないのだろうし。

人知れずため息を吐《つ》いてしまい、それをジャラジャラとポケットの中で、激しい自己主張をする鍵束のせいにした。

あとどれだけの扉を開ければ良いのだろうか……いや、まあ、ゆっくりやったとしても、一か月もかからなそうではあるのだが。

急ぐ理由はないが、かといってやることはないのだし、今日もちょっとくらいは消化しておくか……と鍵束を弄びながら立ち上がる。

すると、見計らったかのようにガラリと音が鳴って、教室前方の扉が開いた。

先生の見回りか？　と思ったが、揺れる亜麻色の髪が、それを全力で否定していた。

パチパチとはしばみ色の瞳を瞬《しばたた》かせて、それから彼女はフッと笑って歩み寄ってきた。

弾むような足取りでありながら、ただそれだけで気品を感じさせる神騙が、そっと僕の頬に手を当てる。

「おはよう、よく眠ってたねぇ。はいこれ、お水。喉渇いたでしょ？」

「……悪いな。僕は神騙のことを見誤っていたらしい、許してくれ……」

「急に何の話!?　勝手に罪悪感を覚えて、勝手に落ち込まないでよ!?　ああ、もう、本当にきみは仕方のない人だなあ」

よーしよしよしよし、大丈夫だからねー。と慣れたように、あっさりと僕を抱きしめる神騙だった。

いつもであれば、全力で抵抗していたところであるのだが、普通に自己嫌悪《じこけんお》が勝ってそれどころではなかった。

何か普通に「やっぱ人ってあっさりいなくなるわ。親しくなろうとか、考えるもんじゃねーな」とか思い始めるところだった。あ、あっぶねー……。

美少女のメンヘラならまだしも、僕のメンヘラとか需要ゼロを通り越して、最早《もはや》マイナスである。いや損が出ちゃうレベルなのかよ。

はぁ～、とため息を吐けば、抱きしめる腕にひと際強く力が込められた。

これはこれで、僕を宥《なだ》めるというよりかは、ただ神騙がそうしたいだけなような気がしないでもないのだが……。

落ち着いて来たら、段々と緊張の方が勝ってきたので、早急に離れて欲しかった。

それにほら、今更かもしれないが、他の生徒や先生に見つかりでもしたら面倒だし……。

別に何か、問題という問題を犯している訳ではないが、それはそれとして、というやつだった。

そんな訳で、軽く身をよじれば、いやに真面目腐った顔つきで、神騙が僕と目を合わせる。

「大丈夫、大丈夫だからね。わたしはきみの傍《そば》から、絶対にいなくならないよ」

「――神騙《かんがたり》は本当、見透かしたように、欲しい言葉を投げてくるな」

「ふふっ、当たり前でしょ？　だってわたしは、きみのお嫁さんなんだからっ」

何でもお見通しだよ、といやに優し気な笑みを浮かべる神騙だった。言っていることはいつも通りすぎて、一周回ってシンプルに恐怖ではあるのだが、何となくそのことに安心感を覚えている僕がいることに気付き、軽く戦慄する。

おい！　これじゃあ本当に僕がチョロいやつみたいじゃないか⁉

いずれ、どこかでひっくり返さなければ……とは思うものの、残念ながらチャンスはあまり無さそうだった。

ま、まあ？　その内！　その内ね、見せてやりますよ。僕が滅茶苦茶《めちゃくちゃ》硬派な男だってところを。

「まーた変なこと考えてる……」

「変じゃない、真面目なことだ。それより、ありがとな。起こしてくれてよかったのに」

「えへへ、今世のきみの寝顔は貴重だから、起こしたくなくって。いっぱい写真も撮っちゃった」

「優しさ由来じゃなくて、ただの私利私欲だったかぁ……今すぐ全部消そうな」

「ダメでーす、これはわたしの大切な宝物なんだから。待ち受けにしても良いくらいなんだよ？」

「おいおい、何だ？　やめてくださいって頭を下げれば良いのか？　任せとけ、謝罪は得意技だ」

「そんなことしたら、クラスのグループラインにきみの寝顔貼り付けるからね」

「それだけはマジでやめろ」

滅茶苦茶マジなトーンの声が出た瞬間だった。土下座すら封じられた今、僕には荒ぶる獣を相手するかの如《ごと》き緊張感の中、冷静な声を投げかけることしかできなかった。

つぅ……と冷や汗が流れ落ちる。そんな僕を見て、神騙は軽く息を吐いた。

「まあ、すぐにきみの寝顔も見慣れるようになるんだけどね」

「恐怖の未来予知をするんじゃない！　全く、あんまり僕をイジメても良いことないぞ」

「イジメてるつもりはないんだけどなあ……」

ではどういうつもりなのか、是非ともお聞きしたいところではあったが、藪蛇《やぶへび》になりそうだったので口を噤《つぐ》んだ。

そうすれば、ふと神騙が窓の外へと目を向ける。

ちょうど第二グラウンドに面してる窓からは、きっとテニス部の姿が見えていることだろう。

今日は女子テニス部の日だったかな、なんて思い出していると、不意に神騙が、

「ねぇ、邑楽《おうら》くん。部活を創ってみない？」

なんてことを言い出した。

ぽかんと呆気《あっけ》にとられ、それから鼻で笑う。

「何だ神騙、やっぱり部活に入りたかったのか？」

「う〜ん、そういう訳じゃないんだけどね。きみが創った部活なら、入りたいなあって」

「また意味の分からんこと言い始めたな……」

作るのも入るのもごめんというか、興味が無いんだが……と小言でチクチクしようとすると、神騙が一枚の用紙を取り出した。

それを素直に受け取れば、一番上に『創部届』と書かれている。

どうにも水を買って来てくれたのはついでで、これを先生から貰《もら》ってくるのが本命だったらしい。

「いやだから、そもそも創る気が無いんだけど……」

「えー？　でも、高槻先生が顧問やってくれるって言ってたよ？　さっき」

「それでさっきいなかったのかよ……！　暇人すぎるだろ」

「でも、部活って名目なら、もっとずっと、学校に残れるじゃない？」

「まあ、それはそうなんだけどな」

そもそも、初めに部活に入った動機がそれであるのだから、否定はできない。

のんべんだらりと理由もなく教室に残るのではなく、部活であるのならば、先生にも咎《とが》められることなく、最終下校時刻まで粘っていても許されるのは確かである。

ただ、その……何て言うのかな。

何となく部活は入るものであり、創るものではないんじゃないのかと、そう思っていた節がある僕だった。

それが何故《なぜ》なのかは、我が事ながら、よく分からないのだが。

ついでに言えば、何だか上手《うま》いこと乗せられてる気がして癪《しゃく》だった。

「でも、悪い話ではないか……」

「うんうん、きみならそう言ってくれると思ってたよ。そして、そんな邑楽くんに、わたしオススメの部活が――」

「いや良い。ちょうどピンと来たのがあるから」

「――はえ？」

僕がやれば間抜け面でしかないが、神騙がやれば呆《ほう》けた面ですら可愛《かわい》く見えるんだな
……と新たな発見を得ながら、サラリと用紙に記入する。
合計六文字のそれは、十数秒ほどで書き終わった。
ペンを持って、いざ！　と思った時に閃《ひらめ》いた、渾身《こんしん》の部活名である。
「『帰宅しない部』だ。うん、これでいこう。何だかビックリするくらいしっくりくるし
……って、何だよその顔は」
「——……あはっ、ううん、何でもないよ。ただ、わたしも同じ部活を考えてたから、驚
いちゃっただけ」
「嘘《うそ》だろ……」
以心伝心している説が、ここに来て有力になり始めた瞬間だった。
それが嬉《うれ》しいとばかりに、神騙は頰を赤く染めるし、本当何なんすかね……とため息を
吐きながら、創部届を片手に立ち上がる。
そろそろ最終下校時刻だし、帰りついでに出すとしよう。
「ま、こんな名前の部活が、果たして創部を認められるのかどうかは、ちょっとどころか、
かなり怪しいところではあるけどな……」
「あはは……それは確かに。でも、きっと大丈夫だよ。帰宅しない部は伝統のある部活で

すからっ」

「どこから受け継いだ伝統なんだよそれ……歴史が無いにもほどがあるからね？　……まあ、最終的には職員室で、高槻《たかつき》先生に土下座とかして食い下がれば良いんだけどさ」

「相変わらず、堂々と斜め下というか、微妙に姑息《こそく》なやり方をチョイスするなあ、きみは……」

ていうか、きみの下げた頭はいらないって言われたんじゃなかったっけ？　と呆《あき》れた笑みを浮かべる神騙だった。

そういえばそうだったか。高槻先生は基本的に、偉い人の頭しかいらないんだっけ。

何だか頭とかいう言い方をすると、まるで首を取ってきた武将のようである――まあ、高槻先生は、何だかんだと生徒に甘い先生だ。

きっと許してくれることだろう。

そんな甘い推測を基に、教室（兼、部室予定）を出て、職員室へと向かう。

人気《ひとけ》はほとんど感じられない――文化系の部活はおろか、運動部すら、既に撤収したらしい。

そういった、あまり味わい慣れていない雰囲気に後押しされるように、足早に階段を下りれば、職員室にはすぐに辿《たど》り着いた。

「それじゃあ、待ってるからね」

「何だ、一緒に来ないのか？」

「うん。だってほら、きみと高槻先生が仲良くしてるのを見せつけられたら、ちょっと嫉妬しちゃうし」

「どういう角度の感情なの、それは……」

何かもうツッコミどころがありすぎて、逆に完成された一言にすら思える僕だった。

個人的には待たせることで、以前の先輩のような誰かに、神騙が絡まれる方が面倒なのだが——まあ、無理強《むりじ》いするものでもないか。

「じゃ、手早く済ませてくるから」

「うん、いってらっしゃい」

手をフリフリと小さく振った神騙を視界に収めながら、職員室へと入る。

それから目立つ金髪頭を探し、一直線に向かった僕を出迎えたのは、

「帰宅しない部ぅ？　またアホみたいな部活名が出て来たわね。えぇ……？　アタシ、これの顧問やらないといけない訳……？」

という、実に嫌そうな声音で彩《いろど》られた一言であった。

「まあ、高槻先生が顧問やるって言ってくれたらしいし、自分の発言には責任持つのが大

人ってやつですよね？」

「理詰めで迫ってくるのやめなさいよね、ちょっと怖いでしょうが……まあ、でも、良いんじゃない？　アンタらしくて。特にこの、馬鹿丸出しなネーミングセンスとか、超凪宇良《なぎうら》っぽいわよ」

「あの、当たり前みたいに罵倒するのはやめませんか？　僕が可哀想《かわいそう》すぎるだろ」

なんてやり取りをした後に、創部届は無事受理された。高槻先生の押印《おういん》がされ、そのまま回収されていく。

冷静に考えれば、高槻先生が受理したから、創部されるという訳ではないと思うのだが……まあ、ここから先は、高槻先生の方で上手くやってくれるのだろう。

ただでさえ、妙な部活が多い我が校である。その辺のルールはあやふやなのかもしれない。

しかし、それはそれとして、たった二人では部活というよりは、同好会だなと思った。

帰宅しない同好会、意味不明すぎるな。

どうにか部活として通ってください……と、思わず祈るターンに入ってしまった。

「あら、良い心がけね。もっとアタシを敬いなさい？」

「はい！　先生の常軌を逸した社畜性に願いを込めます……！」

「それはもう、願いというより呪いなんだけれど……」

縁起が悪いからやめなさいよね、と深々とため息を吐《つ》く高槻先生。それからジロリと僕を見る。

「それにしても、アンタが部活ねぇ。神騙《かんがたり》が聞いてきた時は、まさかとは思ったけれど……。なに？　好きになっちゃった？」

「うわ出たよ。大人のそういう、面倒な詮索……そりゃ、嫌いにはなれないでしょうよ。まあ、だからと言って、好きになるかどうかは別だと思いますけど」

「アンタは本ッ当に、面倒なガキンチョねぇ」

「滅茶苦茶《めちゃくちゃ》嬉しそうに言うのは何なんすかね……」

真っ当にただの罵倒でしかないのだが、お陰で文句が言いづらかった。クソッ、面倒臭い女筆頭のくせに見下しやがって……！

特にヒモのバンドマンと喧嘩《けんか》した時とかヤバかったからね、メッセージアプリぶっ壊れんじゃねぇのってくらい通知来てたから。

別に、基本的に僕は暇だから良いのだが、それはそれとして、人として色々と心配だった。

散々僕をボッチだ何だと言うのだが、高槻先生も多分、友達はいないんだよな……。

大人になったら出会いが激減すると言うし、何かと優しくしてあげた方が良いかもしれなかった。

「凪宇良って、失礼なこと考えてる時、いっつも右上見てるわよね」

「え？　マジですか？　うわ、本当だ」

「ふぅん、じゃあやっぱり失礼なこと考えていたのね」

「……ッ！　ひ、卑怯《ひきょう》ですよ先生！　この外道！　行き遅れ！　ヒモ男メーカー！　そろそろ結婚したいけど、相手はまだ稼ぎもないし、その見通しも立ってないのに彼氏はのほほんと生きてて、微妙に将来が不安になってるくせにーッ！」

「ちょ、ちょっと？　攻撃力の高い語彙をチョイスするのはやめなさい！　本格的に不安になってくるでしょうが‼」

「思ってたよりクリティカルヒットしてしまったな……」

本当、最近夜寝る時、不安で心臓バクバクしてるのに……と高槻先生が机に突っ伏す。

よし！　僕の勝ち！

想像よりだいぶ深刻なダメージを負わせてしまったが、まあたまの反撃なのだし許されるだろう。

……ゆ、許されるよね？

段々と不安になってきたので、そろりとその場を去ることにした。

背中を向けると同時に、ガッ！　と手首を摑《つか》まれる。

震えながら振り返ると、細められたブルーの瞳から放たれる視線が、さながら巨大槍《やり》の如《ごと》く僕を貫く。もしかして僕、ここで死ぬんじゃないか？

「ひ、ひぇ……まだ死にたくない……」

「殺しゃしないわよ！　失礼なやつね、全く……ただ、ペナルティは負ってもらおうかしら」

「おっ、やっぱり死体埋めですか？」

「アンタねぇ……鍵を開けた教室の清掃も命じるわ。ピカピカにしなさいよね」

「シンプルに面倒なやつ来たな……」

教室にもよるが、基本的にこの鍵束で開くような扉の先に広がる教室たちは、どこも埃《ほこり》まみれだ。長年、清掃が入っていなかったのだから、当然だろう。

この前の書庫もそうだったし、僕がお昼に居ついているあの四階の教室だって、見つけた時には埃っぽくて仕方なかった。

必死こいて掃除したものである……。いくらしっくり来たとは言え健気《けなげ》すぎだろ、一年の時の僕。何なら今でも定期的に掃除してるまであるから。

しかしまあ、どうせ放課後は時間が余っている訳で、急《せ》かされていないことも考えれば、まあ悪くはないかなと思えるラインではあった。

ふー、やれやれ。と肩を竦《すく》め、仕方がないなあって感じにため息を吐く。

「やれやれ。まあ、高槻先生の頼みだって言うのなら断れないですね、やれやれ」

「何でアタシがお願いしてるみたいな立場になってる訳⁉　アンタは命令される側だっつーの……！　朝の挨拶運動に参加させてやっても良いのよ？」

「っすー……誠心誠意、お掃除させていただきます！」

ビシッと敬礼のポーズを取れば、満足げに頷《うなず》く高槻先生だった。

並ではない教官オーラに、従う他なかった——というか、アレなんだよな。

高槻先生、ハーフなだけあって、たまに現実味のない綺麗《きれい》さを垣間見せるんだよ。

あと、普通に美人なので睨《にら》まれると超怖い。最近は慣れてきたとはいえ、恐怖だけは健在だった。

「ちゃんと雑巾がけもするのよ」

「それは流石《さすが》に求めすぎだろ……！　一生徒に頼むにしては、依頼が重すぎないですか⁉」

「あら、今のアンタは一人じゃないでしょ？　神騙がいるじゃない」

「や、神騙にそこまで付き合わせるのは、流石に悪いと思うだけの良識が僕にもある、という話なんですが……」

なんなら、事情を話せば普通にウキウキで掃除も付き合ってくれるどころか、率先してやりそうな辺り、益々《ますます》気が引けるというものであった。

もう目に見えるもんな、「ほら、邑楽《おうら》くん。もうひと頑張りだよっ」とか言って僕を働かせるの……。

「いや、それを言うのは今更すぎるでしょ……」

「それは、そうなんですが……」

「ま、そうでなくとも、神騙も動員するつもりだけどね。だってアンタらはもう、アタシのどれ……部下……んんっ、顧問をやってる部活の部員なんだから」

「漏れてる漏れてる、本音を隠しきれてないですよ」

めっちゃ奴隷って言ったぞこの人……。部活の顧問だなんて七面倒なことを、易々《やすやす》と引き受けた理由が判明した瞬間であった。

この先生、僕らを手足のように使う気満々じゃねぇか……。

働きたくないでござる！　と内心叫びを上げるものの、既に引き受けてる時点で意味をなしてなかった。

せめてもの抵抗に、不承不承という顔をするものの、カラッとした笑みで吹き飛ばされる。

「なに、どうせ『帰宅しない部』なんて訳の分からない部活なんだし、活動内容くらいは『奉仕活動』とかにしとかないと、認められない可能性があるじゃない？」

「おぉ……真っ当そうなことを適当に言って、丸め込もうとしてる……悪い大人だ」

「良いのよ、大人は悪くてなんぼなんだから」

そういう訳で、明日からキビキビ働きなさーい！　と職員室を追い出される僕だった。

ポーンと、蹴り出されるように廊下に出て、小さく息を吐けば、律儀《りちぎ》に待っていたらしい神騙がパッと笑う。

「あっ、どうだった？　部活、大丈夫そう？」

「まあ、一応はな……」

大丈夫とは言い難《がた》いのだが、まあ、創部自体は可能っぽいし……。

これから奉仕活動しなくちゃならなくなっちゃった、とか言い出すの、ちょいハードル高いなと僕は空を仰いだ。

× × ×

場所はいつもの四階の端っこ教室ベストプレイス。つい先日、『帰宅しない部』の部室として任命された、なーんにもない、ただちょいと小さめなだけの教室である。

もちろん、まともな活動内容なんて無い。

開かずの教室たちを開放していくという依頼は存在するが、特別急ぎでも無いし……ということで、今日はお休みにしていた。

そういう訳で、グッタリだらりと背もたれに体重を預ける、下校少し前。

教室の——部室の扉が開かれると、すっかり見慣れたというか、脳に住み着いたかの如く馴染《なじ》んだ神騙が姿を現した。

いつ見ても美しい、亜麻色の長髪がふわりと揺れて、ぱぁーっと満面の笑みを咲かせる。

「お待たせ、邑楽くん。ごめんね、ちょっと遅れちゃった」

「別に、待っちゃいない。今日はちょっと面倒だったから、部室でだらついてただけだ」

横暴にして鬼畜、社畜にして子供らしいと名高い高槻《たかつき》先生には、勝手に『奉仕活動への従事』なんて活動内容を与えられたが、我が多々良野《たたらの》高校には既に、ボランティア部が存在する。

そう考えるのであれば、やはり活動内容なんて無いにも等しいものであり、仮に何かがあるのなら、それはきっと高槻先生の私的なものになるだろう。

それこそ、今回の鍵開けだったり、清掃だったりというように。

僕と違って神駆には、放課後を無為に潰す理由は無いのだし、いくら部員と言っても、わざわざ律儀に足を運ばなくても良いのにな、と思った。

まあ、そんなことを言ってしまえば、いつも通り「わたしが好きでやってるんだよ」なんて言われそうなものであるのだが。

「きみのそういう、捻《ひね》くれたこと言いながらデレを隠すところ、全然変わらないねぇ」

「いや全然デレてないんだが？　どっちかって言えばツンだったろ、今のはよ」

「えぇ～？　でもきみに、ツンデレって言葉は似合わないからなあ」

「まずデレたことがないって話をしても良いか？」

どうにも神駆の僕を見る目には、何かしらの超好意的フィルターがかかっているようだった。これもう何言ってもポジティブに捉えられちゃうんじゃないの？

無敵の人間すぎるだろ……。

どっちかっていうと、そっちがこっちにデレデレなんだよね。

意図がちゃんと読み取れないので、嬉《うれ》しいより疑念やら恐怖が勝るのが良くなかった。

いつも通り、窓際《まどぎわ》に座る僕の真横に椅子を持って来て、ちょこんと座る神騙《かんがたり》。

あんまりにも距離が近いのだが、離れれば離れるほど詰められるだけである。

生半可な抵抗は無意味、という訳だった。

「でも、新鮮ではあるかな。付き合ったばっかりの頃みたいで、とっても楽しいよ」

「あたかも本当にあったことのように、僕の知らない、僕についての妄想を楽しそうに語るんじゃない。心の準備が出来てないと、ビックリしちゃうだろうが」

「本当にあったことだから、言ってるんだよ。まだ信じられない——いや、違うね。きみのことだから、信じたくないんだ」

「だからそう、一撃で当ててくるのは何なんだよ……」

完全にお医者様に心理を分析される、患者の気分だった。神騙の前だと心が丸裸みたいになってるんですけど?

きゃー！　えっち！　とか言ってる場合じゃない。ガチで通報するレベルの警戒ラインである。

「ま、今更その辺で、口論する気はあんまりないんだけどな。結局は、信じるか信じないかに尽きるだけだしな」

「うんうん、そうだね。きみならそう言う――だから、証拠を見に行こっか」

「……え？　なに？　見る？」

「うん、きみとわたしが、二人揃《そろ》ってこの世界にいた証拠を、見つけに行こう？」

キュッと僕の手を握った神騙が、小さく微笑《ほほえ》む。

ふわりと飾られたように、可愛《かわい》げのあるそれには、しかし、大きく重い感情が乗っているように見えた。

「大丈夫。この街で再会できたのは、きっと運命だから。きみが納得するような証拠だって、見つかるよ」

「や、別に僕は、証拠を見つけたいとは言ってないんだが……」

とはいえ、拒絶するような提案ではないか。

いつまでもうだうだと、思い返すたびに考えてしまうくらいならば、いっそしっかりと向き合った方が良いのかもしれない。

「分かったよ。それじゃあ、しばらくの活動内容は、前世電波の真相解明だな」

「うわっ、そうやって何でも仰々しい名前付け始めるの、凄《すご》い中二病が残ってる感じがして、聞いてるこっちまでちょっと恥ずかしいね……」

「おいバカやめろ！　口に出して言うんじゃない、恥ずかしくなってきちゃっただろうが！」

顔が熱くなってきたのを察して隠せば、「そういうところも、大好きだよ～！」と擦《す》り寄ってくる神騙から逃れながら、深々とため息を吐《つ》く。

しかし、まあ。

個人的には、正しく言葉通り、真相を知る機会ではあると思うのだった。

前世では妻。そう言い張る、今世では他人だったはずの少女。

今世でも妻だと迫ってくる、頭のトンだ高嶺《たかね》の花。

隣の席になった高嶺の花は、果たして本当は、僕の何なのだろう——何になるんだろうかと、そう思った。

あとがき

思えば中学生の時、何とはなしに手を伸ばしたラブコメに人生を破壊されたのがきっかけで、こうして筆を執るようになった気がします。

はじめまして、渡路《わたりみち》と申します。

この度は本作を手に取っていただき、誠にありがとうございます。

本作はウェブ上に投稿させていただいていた作品を加筆修正したものとなりますので、あるいはお久しぶりという方もいらっしゃるかもしれません。

だとしたら、初めまして！　そしてお久しぶりです！　渡路です！　と言うべきでしょうか。

さて、皆様は、いわゆる「運命」というものを信じているでしょうか？

いきなり怪しげな一言を突き付けてしまったのですが、私は信じているというよりは「信じたい」と考えております。

運命的な出会いはあってほしいし、運命の相手はどこかにいてほしい。

学生でもない身で抱えるには些《いささ》か非現実的すぎる願いな気はしますが、それでも運命というものは、必ずあってほしい。

そんな思いを込めて書いたのが本作となります。楽しめたでしょうか？　人生を少しでも破壊できていれば、尚《なお》良いなと思います。


最後に謝辞を。

まずは本作を拾ってくださった担当編集者様。お陰様で本を無事に出すことが出来ました。色々と面倒を見ていただいてありがとうございます。

イラスト担当を引き受けてくださった雨傘《あまがさ》ゆん様。最高のイラストをありがとうございます。こうして命を吹き込んでもらったキャラクターたちは見る度に元気が湧いてくるようで、無限に眺めていられます。

友人たち。これからもお酒を片手にゲームをしたり駄弁《だべ》ったりしよう。

ウェブ小説作家の仲間たち。小説について気軽に語れる人は本当に限られるので、皆の存在に割と助けられています。これからもよろしくね。

そして何よりも、本作を手に取っていただいた読者の皆様。本当にありがとうございます。本との出会いは一期一会《いちごいちえ》。良い出会いとなっていれば、これ以上喜ばしいこともありません。

ではまた。次の機会でお目にかかることが出来れば嬉《うれ》しいです。

渡路

富士見ファンタジア文庫

隣《となり》の席《せき》の高嶺《たかね》の花《はな》は、僕《ぼく》の前世《ぜんせ》の妻《つま》らしい。

今世《こんせ》でも僕《ぼく》のことが大好《だいす》きだそうです。

令和6年6月20日　初版発行

著者——渡路《わたりみち》

発行者——山下直久

発　行——株式会社KADOKAWA
〒102-8177
東京都千代田区富士見2-13-3
0570-002-301（ナビダイヤル）

印刷所——株式会社暁印刷

製本所——本間製本株式会社

ISBN978-4-04-075489-5 C0193　◇◇◇

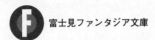

切り拓け！キミだけの王道
ファンタジア大賞
原稿募集中！
賞金
《大賞》300万円
《金賞》50万円
《銀賞》30万円
選考委員
細音啓「キミと僕の最後の戦場、あるいは世界が始まる聖戦」
橘公司「デート・ア・ライブ」
羊太郎「ロクでなし魔術講師と禁忌教典《アカシックレコード》」
ファンタジア文庫編集長
前期締切 8月末日
後期締切 2月末日
公式サイトはこちら！ https://www.fantasiataisho.com/
イラスト／つなこ、猫鍋蒼、三嶋くろね